Sonya
ソーニャ文庫

年下暴君の傲慢な溺愛

桜井さくや

イースト・プレス

contents

序章

――たくさんの人々に祝福された結婚式。

祭壇《さいだん》の前で見つめ合う二人。

ため息が出るほど、お似合いの美男美女。

それは、年頃の娘なら誰でも夢見るような光景だった。

「……なんて素敵なの」

その日は、この王国の第一王子と隣国から嫁《とつ》いできた姫君との結婚式で、侯爵家の一人娘であるリゼも招待を受けていた。

もちろん、自分たちだけが特別なわけではなく、教会には多くの貴族が列席していた。

とはいえ、このような機会は誰でも得られるわけではない。父ミハエルの姉が王族に嫁いだという経緯があってのことで、リゼはそのことに感謝しながら、祭壇の前の二人に終始うっとりとしていた。

「そういえば、リゼが王族の方々を目にする機会はこれがはじめてだったな」

「えぇお父さま」

目を潤《うる》ませていると、隣に座る父が小声で話しかけてきた。

見れば父の目も微《かす》かに潤んでいて、感無量といった様子が窺《うかが》える。王子と面識があるのかと思い、リゼは目を輝かせて父に囁《ささや》いた。

「お父さまはお会いしたことが？」

「あぁ、祭壇におられるセシル殿下とは、五年ほど前に一度お会いしたことがある。あの頃はまだ少年の面影を残していたのに、実に立派になられた」

「そうなんですね」

「時の流れは速いものだ…。下の王子たちも立派に成長されて……。この国の将来は安泰《あんたい》だな」

そう言って、父は眩《まぶ》しげに前を見つめる。

その視線を追いかけるように、リゼも祭壇のほうに目を向けた。

祭壇に程近い席には、国王と王妃、それから九人の王子たちがいた。

ちなみに、この国には側室という制度はない。だから祭壇にいるセシル王子を含めると、国王と王妃の間には十人の子がいることになり、はじめて聞く者は誰もが目を丸くした。

二人は子煩悩《こぼんのう》なことでも有名で、王子たちも皆とても仲が良いという。彼らは国民の憧《あこが》れでもあった。

——兄弟がたくさんいるって、どんな感じかしら……。

それも男ばかりの十人兄弟など、一人っ子のリゼには想像もつかない。

遠目ではあったが、ぴんと背筋が伸びた王子たちの後ろ姿が眩しい。リゼは自然と頬が緩むのを感じながら今日の主役たちに目を戻した。

今日結婚するセシル王子は兄弟の中では一番年上で、いずれは王位を継ぐ人でもある。

その微笑みは、隣国から一人で嫁いできた姫君の不安をすべて包み込んでくれそうな優しさに満ちていた。

「ふふ…っ、リゼったら、そんなにうっとりして。本当にわかりやすいのね」

「え…っ」

不意に左隣にいた母シェリーに耳打ちされる。

含み笑いをする母に、リゼはやや動揺して聞き返した。

「わ…、わかりやすいってなんですか？」

「だって、顔に書いてあるんだもの。イ、ザ、ー、クのことを考えていたのでしょう？」

「……っ！」

言われてリゼは言葉に詰まる。

途端に顔が熱くなり、戸惑いぎみに頬を手で押さえると、母はくすっと笑って小首を傾《かし》げた。

「図星ね」

「ち、ちが……っ」

「無理もないわ。やっとプロポーズしてくれたんだもの」

「お母さま…っ！」

「こら、リゼ。声が大きい。場を弁《わきま》えなさい、お父さま…ッ」

「……は、はい…ッ、ごめんなさい」

父に窘《たしな》められてリゼは慌てて口を噤《つぐ》む。

狼狽《うろた》えるあまり、つい声が大きくなってしまった。

リゼは周囲の列席者に急いで謝罪し、真っ赤になって前を向く。「困ったものだな」と苦笑を浮かべる父の横で、さらに顔を赤くして俯《うつむ》いた。

「リゼ、ごめんなさい。あとにすればよかったわ」

「あ…、そんな、お母さまは悪くなんて……っ」

すると、母は自分のせいだと思ったようで、眉を下げて謝罪してくる。

その申し訳なさそうな表情にドキッとして、リゼはふるふると首を横に振った。

大きな声を出したのは自分なのだから誰かを責めることではないし、母にそんな顔をしてほしくはなかった。

だが、その後もリゼの動揺はなかなか収まらない。

頭の中では、ぐるぐるとある言葉が駆け回っていたからだ。

『――リゼ…、そろそろ君を俺の妻にしてもいいだろうか』

一週間前、リゼは十六歳の誕生日を迎えた。

そのとき、祝いに駆けつけてくれた婚約者のイザークにプロポーズされたのだ。

彼は親同士が決めた結婚相手だ。

伯爵家の長子として生を受けた彼は、本来なら自分の家を継ぐところだが、侯爵家であるヘンドリック家はリゼ以外に子ができなかった。

系譜《けいふ》を辿《たど》れば遠縁にもあたるらしく、この結婚は互いの家を大きくする利点もある。そのため、伯爵家は彼の弟が継ぎ、イザークはリゼの家に婿養子として入ることが決まっていた。

結婚には、こうしたさまざまな事情が絡むものなのだろう。

まだまだ世間知らずなリゼだが、貴族の娘として生まれたからには家のために受け入れなければならないことがあることくらいは理解している。

とはいえ、リゼはイザークとの結婚を嫌だと思ったことはない。

彼とは幼いときから何度も会って親交を深めてきたのだ。

イザークほど真面目な人をリゼは他に知らない。

何せ、手を繋ぎたいと言っても、『結婚前だから』と言って触れることさえ躊躇《ためら》うほどの堅物だ。そのくせ、リゼが拗《す》ねると慌てて手を差し出してくる。そのときの彼はいつも恥ずかしそうに顔を赤らめていて、そんなイザークがリゼは大好きだった。

だからたぶん、先ほどの母の指摘は正しいのだと思う。

リゼは祭壇で見つめ合う王子と姫の姿を、無意識のうちに未来の自分に重ねてうっとりしていたのだ。

——だって私、イザークさまとの結婚をずっと夢見てきたんだもの……。

待ちに待った大好きな人との結婚だ。

自分のときもこんな素敵な結婚式になればと、憧れずにはいられなかった。

❀❀❀

それから程なく、結婚式は滞りなく終わった。

王子と姫が馬車で王宮に向かうところを皆で見送り、その後は待機させていた馬車でまっすぐ帰路につく者もいれば、見知った相手と話し込む者などさまざまだった。

「——まぁ、綺麗なお花。もうすっかり春ね」

そんな中でリゼは教会の庭を散歩していた。

帰ろうとした矢先に父の知人が声をかけてきたのだが、話し好きな相手ですぐに終わりそうもなかった。母に『先に馬車に戻っていなさい』と耳打ちされ、リゼは一人その場を離れたのだ。

ところが、馬車に戻る途中で教会を見物している人の姿が目に入って、リゼはふと足を止めた。

ゴシック建築の煌《きら》びやかな教会。

柱の一つひとつに施された美しい彫刻、芸術的で絢爛豪華《けんらんごうか》な外観。

ここは先々代の国王の時代に王家の寄付で建てられた教会で、時を経ても手入れが行き届いているために古びた印象がない。この場所自体が一つの美術品のようだった。

結婚式の余韻もあって、リゼは誘われるように教会の庭へと足をのばし、色とりどりに咲く花々を眺めていた。

「なんだか、別世界に迷い込んだみたい……」

リゼはほう…と息をつき、うっとりと建物を見上げる。

自分の住む屋敷もそれなりに立派だと思っていたが、ここは王家に関わりがあるものとあって手のかけ方が違う。王宮にはまだ一度も行ったことがないけれど、きっと素敵な場所なのだろうと、頭の中でさまざまな想像を膨《ふく》らませていた。

そのとき、

「……？」

不意に視界の隅《すみ》で何かが動いた。

なんとなくその動きが気になって目を向けると、少し離れた場所で一人の少年が壁に向かい、何かをしている。

リゼはその怪しい動きにじっと目を凝らしていたが、段々と青ざめていく。

少年は教会の壁にチョークで落書きをしていたのだ。

それだけではない。よくよく見れば、傍にあるいくつかの彫像にも落書きがあった。

「なんてことを……ッ！」

どうして誰も彼に注意しないのだろう。

まばらだが人の姿はあるのに、皆見て見ぬ振りをしている。

彼らだって、この建物を見物していたはずなのにと激しい憤《いきどお》りを感じ、リゼはずんずんと少年に近づいていった。

「ちょっとあなた、何してるの!?」

リゼは少年の斜め後ろに立ち、やや大きな声で問いかけた。

こうしてみると、彼は自分より十センチは背が低い。

おそらく、十一、二歳くらいだろう。身だしなみがきちんとしていることからして、結婚式に招待された貴族の子息に間違いなかった。

「……」

だが、少年はこちらを見もしない。

それどころか僅《わず》かに頭を傾け、斜め後ろに立つリゼの気配を探る様子を見せると、何事もなかったかのように落書きを再開した。

「なっ!?」

明らかに無視されたとわかる行動だった。

「やめなさいってば……ッ！　どうしてこんなことをするの!?」

なんて反抗的な子だとむっとするあまり、リゼは落書きを続けるその腕を強引に摑んでいた。

「……ッ!?」

すると、少年は微かに息を呑む。

いきなり腕を摑まれて驚いたのだろうとは思ったが、リゼは構うことなく叱りつけた。

「あなた自分が何をしたのか、わかってるの？　この教会がどんな場所か、ご両親から教えてもらわなかった？　ここは王家の寄付によって建てられたのよ!?」

「……は？」

「たとえ知らなかったとしても許されるものではないわ。あなたくらいの年なら良いことと悪いことの区別くらいつくはずだもの。……ねぇ、あなたが汚したあの彫像も、この壁もとても綺麗だったでしょう？　何十年も前にできた古い建物なのに、そうとは思えないほど手入れが行き届いてなかった？　それってすごいことなのよ。この状態を保つために、多くの人たちが大切にしてきたということだもの」

言いながら、リゼは彼が汚した場所を一つひとつ指差していく。

その際に数人の大人が自分たちを遠巻きに見ていたことに気づいたが、彼らは目が合った途端、サッと顔を背けてしまう。おまけに、関わりたくないとばかりにそそくさと立ち去る姿を見て、ああいう大人もいるのだなと、リゼはがっかりした気分で話を続けた。

「だから…、ね？　ここは落書きをしていい場所ではないの。たとえここが王家に関係のない場所だったとしても同じよ。あなただって、自分がいけないことをしてるって本当はわかっているのでしょう？」

「……」

リゼの説教に、少年は前を向いて黙り込んだ。

落書きをした壁を見ているようだ。

少しきつい言い方になってしまったけれど、わかってくれると嬉しい。

両親は一人娘のリゼを甘やかすことも多いが、悪いことをすれば厳《きび》しく叱られたし反省も促された。自分にはそれが当たり前だったから、彼のしたことをどうしても見過ごせなかった。

「……っく」

と、そのとき、微かな声が耳に届いた。

「え…」

見れば、少年は深く項垂《うなだ》れていて、細い肩はふるふると震えている。

左手で自身の顔を覆っているのにも気づき、リゼは内心ぎくりとした。

――もしかして、泣かせてしまった……？

きっと、言葉がきつすぎたのだ。

もう少し優しく諭《さと》せばよかったものを、感情的になりすぎてしまった。年少の者相手に大人げなかったとリゼは一人焦りを募らせた。

だが、その直後、

「くっくっく…、……なんだそれ……っ」

彼の背中が大きく揺れた。

「……？」

リゼは訝しみ、少年の小さな背中に目を凝らした。

泣いているにしては、何かがおかしい。

今の声も泣き声とは違う気がして、確かめるために彼の前にサッと回り込んだ。

「あ…ッ!?」

リゼは目を丸くした。

鼻筋から目元にかけては顔を覆う手で見えないが、その唇ははっきりと弧を描いていたのだ。

やはり泣いていなかった。

彼は肩を揺らして笑っていたのだ。

「ひ、酷いわ…ッ、何がおかしいの…ッ!?　泣かせてしまったと心配したのに……ッ！」

「何って…、おまえがおかしなことを言うからだろ？　こんなことで、一体誰が泣くんだ。変な女だな」

彼は笑いを堪えながら顔を覆っていた手を外し、そこではじめてまともにリゼに目を向けた。

心配した自分が馬鹿だった。それに変な女だなんてあんまりだと歯ぎしりしていると、

なんて子だろう。信じられない。

リゼは真っ赤になって口をぱくぱくさせた。

「な…っ!?」

「……っ!?」

いきなり至近距離で目が合い、リゼは途端に固まってしまう。

艶やかな黒髪から覗く、アメジストのような紫の瞳。

長い睫毛《まつげ》に、すっと通った鼻筋。白い肌にほんのり紅を差したような頬や、薔薇《ばら》の花びらのような赤い唇。

――え…、なに、この子……。

もっと幼い子だと思っていた。

想像と違う。説教していた相手が、まさかこんな美少年だなんて思わなかった。

その珍しい瞳の色に吸い込まれそうになり、リゼはそんな自分に驚いて僅かに後ずさった。

「わかったから、そう目くじらを立てるな」

「……え」

「だから、もう落書きはしないと言っている。それでいいんだろう？」

意外なほど素直な反応だ。

こんなところに落書きをするような子だから、もっと聞き分けのないわがままな子かと思っていた。

馬鹿にされたと思っていたから余計に驚いてしまう。しかも、やけにまっすぐな目で見つめられて、なんだかドキドキしてしまった。

――イザークさま、これは違うの…ッ！

リゼはハッと我に返り、この場にいもしないイザークに弁解する。

少し驚いただけで別に見とれたわけではないのだ。これは浮気ではないなどと心の中であれこれ釈明をしていると、不意に手首を摑まれた。

「な、なに…っ!?」

「これはおまえにやる。信用されていないようだからな」

彼はそう言って、リゼに何かを差し出す。

反射的に手のひらを広げると、白いものがぽとんと落ちてきた。

「これ…は……」

先ほど彼が悪戯《いたずら》に使っていたチョークだ。

別に疑っていたわけではないのだが、『もう落書きはしない』と言ってもリゼが何も答えないから、こういう行動に出たのだろう。

――でも、少し嬉しい……。

ちゃんと気持ちが伝わったとわかって自然と頬が緩む。

チョークなどもらってもどうすればいいかわからなかったが、リゼはニコニコ笑ってそれを受け取った。

「おまえ、名は？」

「え？　あ…、リゼよ」

「リゼ…」

「ええ、これでも一応侯爵家の娘なの。おしとやかになれるように気をつけてはいるのだけど」

「……おしとやか？」

「だ…ッ、だから今はがんばっているところで……っ。あの…、さっきはいきなり腕を摑んだりしてごめんなさい。……痛かった？」

冷静になって思い出すと恥ずかしい。

間違ったことはしていないと思っても、違うやり方があった気がした。

「なかなかの力だった」

「ご…っ、ごめんなさい…ッ」

「……ふは…ッ」

真っ赤になって謝罪すると、彼は我慢できないとばかりに吹き出した。

──そんなに笑わなくてもいいのに……。

確かに淑女からはほど遠かったけれど、他に思いつかなかったのだ。少しむっとしたが、少年の悪気のない笑顔にリゼは何も言えなかった。

「ところで、おまえもあの場にいたのか？」

「あの場…って、結婚式のこと？　もちろんいたわ。後ろのほうだけど」

「そうだったのか。気づかなかった」

彼は少し驚いた様子だったが、知らない相手ならそんなものだろう。

次に会うことがあればすぐに思い出せそうだと思い、リゼは小さく笑って教会を見上げた。

「でも、本当に素敵だったわ……」

「何が？」

「今日の結婚式よ。ずっと見とれていたの。あなたもそうでしょう？」

「……さぁ、よく見てなかった」

「ふふっ、男の子には退屈なものなのね」

「……」

彼は途端に眉を寄せて、ふいっと顔を背ける。

機嫌を損ねるようなことを言ってしまったのか、それとも子供扱いをしたと思われてしまったのか……。

難しいものだと考えを巡らせていると、彼はぽつりと呟いた。

「でも…、まぁ…、そのとおりか……」

「え…？」

彼は自身の落書きを見て、小さく息をついた。

どこか悔《くや》しげな表情を浮かべ、独り言のように言葉を続ける。

「今日は朝から苛々していた。とてもじっとしていられなかった。退屈で仕方なかったんだ」

「……それで…、こんな落書きをしたの？」

「そうだ」

彼は口を引き結んでこくっと頷く。

「そう…」

リゼは彼の言葉に相づちを打ち、壁に目を向けた。

苛々していた。退屈で仕方なかった。だから落書きをした。

言葉どおりに捉《とら》えるなら、『結婚式が退屈だった』という意味になるのだろうが、釈然としない。

こうして話してみると、彼は悪戯心で落書きをするような子には見えないのだ。

悔しさを滲《にじ》ませた表情も妙に引っかかった。もしかして、彼の言う『退屈』とは結婚式とは違うものを指しているのかもしれない。

そのとき、

「――…さまー…ッ！」

建物の中から声が聞こえてきた。

若い男の声。人を捜している様子だ。

声に耳を傾けていると、不意に少年が「うるさい」と呟き、くしゃっと髪を掻き上げた。

「あ…、もしかして、あなたを捜してるの？」

「……たぶん」

「なら行かなきゃ…ッ！　あ、落書きのこと、神父さまにちゃんと言える？」

「神父…？　これ、言ったほうがいいのか？」

「もちろんよ。もしよければ私も一緒に行くけれど……」

「……？　なんのために？」

「だって、心細いでしょう？」

謝るなら一人より誰かが傍にいたほうが心強いだろう。

不思議そうに言われたので、リゼは当然のように答えた。

「はは…ッ」

「……？」

「……っくっく……、なんだよそれ……ッ」

けれど、途端に彼は肩を揺らして笑い出す。

片手で顔を押さえ、とてもおかしそうに笑っていた。

どうしてそんな反応をされるのかリゼには理解できない。先ほどから何度も笑われているが、自分のどこがおかしいのかもわからなかった。

「ど、どうして笑うの？」

「いや…。くく……、なんでもない」

戸惑いぎみに問いかけると、彼は小さく首を横に振る。

にもかかわらず、その顔は笑ったままだ。

――この子、ずるい……。

馬鹿にされたのでは、と思うのに、悪気のない笑顔を向けられると何も言えなくなる。

なんだか悔しかった。

「リゼ…、おまえは誰にでも……」

「なに？」

「……、……いや…、なんでもない。――もう行く。落書きのことは、神父に言っておくから心配するな」

「そ、そう…」

彼は頷き、じっとリゼを見上げる。

吸い込まれそうなほど綺麗な紫の瞳だ。

目を逸《そ》らせずにいると、彼はくすっと笑って背を向けた。

風に揺れる柔らかそうな黒髪を見て、撫《な》でたら気持ちよさそうだなどとぼんやり思い、ふと彼の名はなんだっただろうと考えてハッとした。

「あの…ッ、あなたの名を聞いてなかったのだけど……ッ！」

慌てて声をかけると、彼は一瞬だけ足を止めた。

しかし彼は、僅かに首を横に傾けただけで、振り返ることなくまた歩き出す。

もう会うことのない相手に名乗る必要はないということなのだろうか。

遠ざかる背はどんどん小さくなり、彼はそのままリゼの視界から完全に消えてしまった。

「人の名前は聞いたくせに……」

リゼは息をつき、苦笑を浮かべる。

ずいぶんあっさりした別れに、少しだけ寂しさを感じた。

だが、さぁっと吹き抜ける風を肌に感じて、すぐに現実に戻った。

「あ…、私も戻らないと！」

少しのつもりだったのに、すっかり長居してしまった。

両親が捜しているかもしれない。いくらなんでも知人との話も終わっているだろうと、来た道を急いで戻った。

「リゼ、どこへ行っていたの!?」

「ご…ッ、ごめんなさい……ッ！　庭がすごく綺麗だったから、つい寄り道を……っ」

案の定、父も母もリゼを捜し回っていたようだ。

心配そうに駆け寄られてリゼは慌てて謝罪する。二人は蒼白《そうはく》な顔をしていたが、娘の無事な姿にほっと息をつき、呆れた様子で顔を見合わせていた。

「まったく、お転婆《てんば》で困ったものだな」

「本当ね」

「ごめんなさい…っ」

「まぁ無事ならそれでいい。我々もつい話し込んで、おまえを一人にしてしまった。暖かくなってきたとはいえ、ずっと外にいたんだ。身体が冷えたろう？」

「す…少し……」

「なら、そろそろ帰ろう。風邪をひいては大変だ」

「はい、お父さま」

父の優しい言葉に促されて、リゼは素早く馬車に乗り込む。

続いて乗り込んできた両親がリゼの前に座ると、程なくして馬車が動き出した。

「リゼ、教会の庭は綺麗だったか？」

「はい、とても」

何げなく小窓の向こうに目を移すと、父に問いかけられた。

父は以前ここに来たことがあるのだろう。同じように小窓の向こうを眺めるその眼差しは懐《なつ》かしそうだった。

——そういえば、あの子は神父さまにちゃんと謝罪できたかしら？

ふと、先ほどの少年を思い出してリゼはくすりと笑う。

ちょっと生意気で、変わった子だった。

けれど、悪い子ではなかった。

——それに、私の小さな頃とは比較できないほど、大人びた綺麗な子だったわ。

ドレスを着せれば、女の子にも見えそうだった。

「リゼ、さっきから一人で笑ってどうかしたの？」

「あ…ッ、な、なんでも…っ」

少年のドレス姿を想像してくすくす笑っていると、母に変な顔で見られて慌てて誤魔化す。けれど、手の中にチョークがあったことを思い出して、また笑いそうになってしまい、それを堪えるのが大変だった。

「変な子ねぇ」

不思議な少年との出会い。

その日のことはしばらくリゼの心に残っていた。

しかしそれも数日経てば頭に浮かぶことはほとんどなくなり、一週間後には完全に過去のものとなった。もう二度と会うことのない相手だったからというのもあるが、それだけが理由ではなかった。

王子の結婚式から一週間後、リゼのもとに一通の手紙が送られてきた。

それはイザークの父からの手紙だったが、そこには『息子との婚約をなかったことにしてほしい』という驚きの内容が書かれてあった。

何かの間違いではないかと、すぐに話し合いが持たれたのは言うまでもない。

けれども、相手の家が頑《かたく》なな態度を崩そうとしなかったために話し合いは決裂し、半ば強制的に婚約を解消させられたリゼは、何一つ話を呑み込むことができぬまま失意の底に突き落とされてしまったのだ――。

第一章

窓から降り注ぐ初夏の日差し。

耳に届く小鳥たちの愉しげな歌声で、ぼんやりと目が覚める。

「もう…、カーテンは閉めてと言っているのに……」

リゼはベッドから起き上がると、ぶつぶつ言いながら窓辺に向かった。

降り注ぐ光から顔を背けて素早くカーテンを閉め、大きく息をついてベッドに戻る。

今の自分には外の世界はあまりにも眩しく思え、これ以上光が入ってこないように天蓋《てんがい》の布を引いてからまた横になった。

——あれから、何回夜が過ぎたのかしら……。

リゼは澱んだ頭で考えを巡らせ、天井を見上げる。
一、二、三…と、指折り数え、途中から思い出せなくなって止めた。
少し疲れたので眠ろうと思い、枕元に置いた手紙を胸に抱いて目を瞑《つむ》る。

だが、眠気は一向に訪れない。

もうずっと眠っていない気がしたが、それさえ思い出せなかった。

実際には、イザークとの婚約解消から一か月が経っていたが、リゼはその事実をいまだ受け入れられずにいる。両親や使用人は心配して頻繁に様子を見に来るが、この一か月は眠ることも食事をとることもままならない。医者には診せたが心の問題だから時間がかかると言われ、両親も見守ることしかできなかった。


『――君の幸せを心から願っている』


リゼは胸に抱いた手紙を広げ、じわりと滲み出る涙を手の甲で拭った。

便せんに綴《つづ》られた短い文章。

それは、イザークから届いた最後の手紙だった。

「……うっ、……ッ、……ッ…」

リゼはベッドに伏せて嗚咽《おえつ》を漏らす。

――これが別れの言葉だなんて……。

こんな最後があるだろうか。

どうすればこの別れを受け入れられるというのか。

ある日突然イザークの父から送られてきた手紙には、『息子との婚約をなかったことにしてほしい』と書かれてあった。

しかし、あまりに唐突な話だったから、はじめは何かの冗談かと思っていた。

『リゼ…、すまない……』

なのにその翌日、事情を聞きに彼の家に向かった父ミハエルは、屋敷に戻るや否やリゼにそう謝罪してきた。

どうして父が謝るのかわからない。

理解しろと言われてもできるわけがなかった。

混乱するリゼにミハエルは、『互いの家のためだ……』と答えるだけで、まともな理由を教えてくれなかったのだ。

互いの家のためとはどういうことなのか。

なぜそんなにも簡単に結論を出してしまうのか。

イザークとはリゼが幼いときから何度も会う機会を設け、家族ぐるみの付き合いをしてきた。父も母も彼をとても気に入っていて、リゼがプロポーズされたときは自分のことのように喜んでくれたのだ。

にもかかわらず、両親がこのことをあっさり受け入れたのもショックだった。

「イザークさまは…、本当は私と結婚したくなかったのかも……」

リゼは涙を浮かべながら身を起こす。

婚約解消となった数日後、イザークから送られてきた手紙。

たった一行だけなのに何度も読み返したから、よれよれになってすっかりくたびれてしまった。

ひと文字ずつ指でなぞり、リゼはまた頬を濡らす。

好意を持っていたのは自分だけで、彼はそうではなかったのだろうか。

イザークは伯爵家の長子で、はじめは自身の家を継ぐつもりだった。

だからリゼも彼のもとへ嫁ぐ予定だったが、両親には自分以外に子ができず、ヘンドリック家をここで絶やすわけにはいかないからと、両家で話し合いをしてイザークがこの家に入ることになったのだ。

皆が納得していた話だと思っていたが、そうではなかったのだろう。

イザークは本心では自分の家を継ぎたかった。それでも、決まったことだからと表面的にはリゼと良好な関係を築いてきたのかもしれない。

「きっと、そうね……」

リゼはぽつりと呟き、無理やり自分を納得させようとした。

彼に嫌われたとは思いたくなくて、違う理由を探すことでしか自分を保つことができなかったからだ――。

❀　❀　❀

それから、さらに一週間が経った昼過ぎのことだ。

その日もリゼはベッドに横になって、ぼんやりと天井を見上げていた。

イザークとの婚約が解消される前は、両親に『リゼは一度寝ると朝になるまで滅多なことでは起きない』などと冗談めかして言われるほどだったのに、今はほとんど眠れぬ日々を過ごしている。

ただ、食事に関しては、多少は口にするようになった。

本当は何も食べたくなかったが、リゼは母に泣かれると弱い。自分の顔を見るたびにぽろぽろと涙を零《こぼ》す母を見るのが辛くて、なんとかスープだけは飲むようにした。もちろん、それだけで栄養が足りるわけもなく、リゼの身体は少しずつ痩《や》せていったが、多少でも何かを口にすると母はほっとした様子を見せた。

「……またカーテンが開いてる」

窓のほうに顔を向けると、リゼはため息をついた。

眩しいと思えばいつもこうだ。

カーテンは開けないでほしいと言っているのに、気づくと全開になっている。

どうやら父がそう指示しているらしく、誰かがリゼの様子を見に来るたびにこっそりカーテンを開けて出て行くのだ。

しかも、光が入って来やすいように天蓋の布まで引かれている。

おそらく、寝たきりでは身体に毒だと心配してのことなのだろう。

それがわかっているからリゼも文句を言えない。だからカーテンが開けっ放しになっているると、そのたびに窓辺に向かわねばならなかった。

「憎らしいくらい毎日晴れてるのね……」

よろめきながら窓辺に立ち、リゼはカーテンを掴んだ。

日差しの強さに季節の移ろいを感じ、眉をひそめてカーテンを閉める。

この眩しさはまだ自分には強すぎて、逃げるように窓辺を離れた。

――コン、コン。

ところが、ベッドに戻ろうとしたとき、不意にノックの音が響く。

また誰かが様子を見に来たのだろう。

そう思って、リゼはため息交じりに扉へ向かった。

「まぁ、リゼさま。起きていらっしゃったのですか？」

「……ええ、カーテンが開いていたから」

「そうでしたの。ちょうどよかったですわ」

「ちょうど…って何が？」

部屋に来たのは侍女のマーサだ。

彼女はリゼが小さな頃からこの屋敷で働いている古参《こさん》の侍女だ。両親からの信頼も厚く、いつも朗らかな彼女がリゼは大好きだった。

「旦那さまが、リゼさまに玄関ホールまで来るようにとおっしゃっていたので」

「玄関ホール？」

「えぇ、今日は早朝から奥さまと外出されていたのですけど、つい今しがた戻られてそのように……。なんでも、リゼさまに会わせたい方がいらっしゃるそうですよ」

「私に…？　誰かしら……」

リゼは眉を寄せて首を捻《ひね》る。

わざわざ呼ぶくらいだから、自分と関係のある客人だろうか。

──まさか、イザークさま……？

リゼはハッと顔を上げた。

すでに婚約を解消した相手を連れて来るものだろうかという疑問が頭を掠《かす》めたが、両親はまともな日常を送れなくなるほど憔悴《しょうすい》したリゼをとても心配していた。だから、もしかしたら彼を連れて来てくれたのではないかと思ったのだ。

「行かなくちゃ…ッ」

「あっ、リゼさま…っ!?　碌《ろく》に食事もとれていないのに、そんなふうにいきなり動かれては……ッ」

「大丈夫よ…っ！」

「お待ちください。何かあっては大変です。私もついていきますから……っ！」

取るものも取りあえず、リゼは部屋を飛び出した。

マーサの心配する声が聞こえたが、落ち着いてはいられない。リゼは期待で頬を紅潮させ、途中足をふらつかせつつもなんとか階段を駆け下り、一階の玄関ホールに向かった。

「まぁ、どうしたのリゼ、そんなに息を弾ませて」

「はあ…、は…ッ、はあ……」

玄関ホールに着くと、母シェリーが驚いた様子で近づいてきた。

リゼは肩で息をしながら辺りを見回す。

扉の前で佇む父の姿を目に留め、他には見知った使用人しかいないことに首を傾げて母に向き直った。

「ここに来るように言われて……。会わせたい人がいるって」

「だから走って来たというの？　また子供じみたことをして……。だいたい、食事もまだほとんどとれない状態なのに、いきなり動いてはだめじゃない」

「ごめんなさい……。でも……」

マーサと同じことを言われて、リゼは素直に謝る。

けれど、どうしても落ち着いていられない。

客人を捜す素振りを見せると、扉の前で若干表情を硬くしていた父が気が抜けたように息をつき、家令のフィリップに目配せをした。

すると、フィリップは小さく頷いて扉の外に出て行く。どうやら、客人は外に待たせているようだった。

父を見ると、扉に目を向けたまま微動だにしない。

母も緊張した様子で扉を見つめている。

その様子にリゼは胸に手を当て、ドキドキしながら客人を待った。

やがて扉が開き、フィリップが姿を見せる。彼は「こちらでございます」と静かに一礼し、客人を丁重に招き入れた。

「……え？」

だが、その客人を目にした途端、リゼはきょとんと目を瞬かせた。

姿を見せたのは自分より年下と思われる少年と、彼に付き従うように入ってきた男だけだったからだ。

──イザークさまは……？

リゼは扉に目を凝らしたが、他に人が入ってくる気配はない。

まさか、客人とは彼らのことなのだろうか。

内心がっかりしていると、不意に後ろからざわめきを感じて振り返った。

父たちを出迎えるために使用人が集まっていたようで、皆、少年がいるほうを見ては囁き合い、それがざわめきとなっていたのだ。

不思議に思って、リゼは改めて少年に目を向ける。

艶やかな黒髪から覗く、宝石のような紫の瞳。

白い肌、赤い唇――。

皆がざわつくのも無理はない。

そこにいたのは、かなりの美少年だった。

「リゼ、こちらに来なさい」

「は、はい…」

父の言葉にリゼはハッとする。

言われるままに近づくと、少年は心なしか目を見開き、驚いた様子でこちらを見ていた。

――どこかで会ったような……。

妙な既視感を覚えたが、すぐには思い出せない。

「リゼ、紹介しよう。彼はロキ。年は…、十二歳だったね？」

「はい」

「……その…、わけあって彼を養子として引き取ることになってね。今日から家族として一緒に暮らすことになったんだ」

「え…っ!?」

「唐突な話になってすまない。憔悴したおまえを見ていると、なかなか言い出せなくてね……。だが、どうか受け入れてほしい。これからは彼を弟と思って仲良くしてくれないだろうか」

「……、……おとう…と？」

父はいきなり何を言い出すのだろう。

あまりに唐突すぎて、リゼの思考はまるで追いつかない。

呆然としながらその少年――ロキに目を向けると、まっすぐな視線とぶつかった。

「よろしく」

「え、えぇ……。よろしくね」

短い挨拶に、リゼは戸惑いながらも頷く。

それを傍で見ていた父は安心したように息をつき、気持ちを切り替えた様子でロキに向き直った。

「ロキ、夕食まで部屋で休んでいるといい。長時間、馬車に揺られて疲れているだろうからね」

「わかりました」

「足りないものがあったら遠慮なく言ってほしい。私やシェリーのことも存分に頼ってくれ。君に心細い想いはさせたくない」

「はい、ありがとうございます」

「では君の部屋に案内しよう。シェリー、おまえも一緒に」

「えぇ。……あ、リゼ、あなたは自分の部屋に戻っていなさい。少し足がふらついているわ。あとでまた様子を見に行くから……」

「……はい」

母に声をかけられ、リゼは小さく頷いた。

ロキは父に促されるまま歩き出し、一瞬だけリゼに目を向けて横を通り過ぎる。

自分が知らないうちに、彼の部屋が用意されていたようだ。

皆の姿を目で追っていると、ロキと一緒にやってきた男も付き従うように歩き出す。

紹介はなかったが、彼はロキの使用人だろうか。

その男はリゼに小さく頭を下げると、父たちを追いかけて階段を上って行った。

やがて玄関ホールは静かになり、使用人の姿もまばらになったが、リゼはその場に立ち尽くしたままだった。

——あの子が、私の弟……？

挨拶したはいいが、状況が呑み込めない。

自分が部屋に閉じこもっている間に何があったというのだろう。

「……」

考えたところでわかるわけもない。

最近、わからないことばかりが起こる。

急に頭がズキズキと痛み、リゼは額を押さえた。

すると、ロキの顔が脳裏に浮かんだ。

やはり彼を知っている気がした。

だが、どこで会ったのか思い出せない。

考えようとすると、イザークのことですぐに頭がいっぱいになってしまう。そうなると頭が働かなくなってしまうから、このときはどうやっても思い出せなかった。


――ところが、その夜のことだ。

まだ体調が思わしくなかったために夕食を部屋に運んでもらい、なんとかスープだけ飲み干した直後だった。

「――あの子だわ…ッ！」

リゼは唐突に大きな声を上げた。

いきなり声を上げたものだから、傍にいたマーサを驚かせてしまったようで、彼女が肩をびくつかせると同時にガシャンと音が響く。リゼの使った食器を片付けていたために、手が当たってしまったのだ。

「リ…、リゼさま、急に大声を出されて、どうかされましたか？」

「あ…っ、ごめんなさい。大したことではないの。……その、ちょっと思い出したことがあって」

「思い出したこと…？」

「それより怪我はしてない？　驚かせてごめんなさい」

「いえ、私のほうは何も……。けれど食器のほうが……、あぁ、よかった。こちらも無事でしたわ」

「よかった…っ」

「それより、思い出したことというのは？」

「それが……」

答えようとしてリゼは柱時計に目を向けた。

もうすぐ八時になる。

普段なら、とうに食事を終えて部屋で寛《くつろ》いでいる時間だ。

まだロキは起きているだろうかと思いながら、リゼはマーサに顔を向けた。

「ねぇ、マーサ。ロキの部屋、知ってる？」

「ロキさま？　えぇ、もちろん存じておりますよ。そういえば、リゼさまにはまだ場所をお伝えしていませんでしたね」

「そうなの、教えてくれる？　昼に会ったときは戸惑いのほうが大きくて、ちゃんと挨拶できなかったの。だから、寝る前にもう一度挨拶をしておきたくて……」

「まぁ、そうでしたか。そういうことならお急ぎになったほうがよろしいですわね。ただ、お身体に障りますからほどほどでお戻りくださいね」

「ええ、わかってるわ」

本当はそれだけが理由ではなかったが、説明が面倒で省いてしまった。

それでもマーサを納得させるには充分だったらしく、疑うことなくロキの部屋を教えてくれた。その際に「まだ十二歳なのに、ご両親と離ればなれだなんておかわいそうに……」と哀しげに瞳を揺らしていたので、マーサもロキがこの家に引き取られた経緯は知らないようだ。

その後、リゼはすぐにロキの部屋に向かった。

彼の部屋はリゼと同じ二階にあり、さほど離れていない。

ノックすると、ややあって扉が開けられたが、顔を見せたのはロキではなかった。

「――リゼ…さま?」

「あなたは…」

薄茶色の髪。灰色の瞳。

彼はロキと共にやってきた男だ。

部屋を間違えたのだろうか。戸惑いながら廊下を見回していると、その男はハッとした様子で後ろを振り返った。

「ロキさま、リゼさまがいらっしゃいました」

すると、部屋の奥でカタッと物音が響く。

程なく足音が近づいてきて、ロキが姿を見せた。

「……リゼ?」

「あ、ごめんなさい。もう寝るところだったのね」

彼はすでに寝衣姿だった。

出直したほうがいいかと迷っていると、ロキはくすっと笑い、隣の男にちらっと目を向けた。

「ラルフ、今日はもう部屋に戻っていい」

「承知しました。では私はここで失礼いたします」

男の名はラルフというらしい。

ロキの言葉に静かに頭を下げると、彼はリゼにも一礼して部屋を出て行く。その動きは一切の無駄がなく、リゼは颯爽《さっそう》と歩く後ろ姿を感心しながら見送った。

「彼は、あなたの使用人？」

「まぁ、そんなところ」

「そうなの」

やはりそうだったのねと、リゼは小さく頷いた。

ならば、ロキも少しは気が楽だろう。

事情は知らないが、見知らぬ場所に一人で来るよりは心強いに違いなかった。

「それより、中に入れば？　俺に話があって来たんだろう？」

「え？　あ、でも」

「遠慮しなくていいよ。そんなところじゃ風邪をひく」

「……じゃ…、じゃあ…、少しだけ」

まさか部屋の中に入れてくれるとは思わなかった。

廊下から入ってくるひんやりした空気を感じて気を遣ってくれたのだろうか。さり気ない優しさに心が温かくなるのを感じながら、リゼはほんの少しのつもりで彼の部屋に足を踏み入れた。

「まだ部屋のどこに何があるかよくわからないんだ」

「それは仕方のないことだわ。少しずつ慣れていけばいいのよ」

「そうだね……。あぁ、適当に座って」

「あ、えぇ」

促されるまま、リゼは近くにあったソファに座った。

その向かい側のソファに彼も腰かけるのを横目に部屋を見回す。

見たところ、他の部屋とそう変わりがない。

にもかかわらず、ロキがいる風景に目が慣れていないからか、自分の家ではないような気にさせられた。

リゼはソファに座るロキをじっと見つめる。

少女のような白い肌。

寝衣を着ていてもわかる細い肩。

サラサラの前髪から覗く、意志の強そうな紫色の瞳。

やはり彼は教会で会った少年だ。

あのときは名を教えてくれず、どこの誰かもわからなかったが、これほど印象的な子はそうはいない。

そう思うのは自分だけではないだろう。

昼に彼がやってきたときだって、多くの使用人がざわめいていた。

「あの…、聞いてもいい？」

「……うん」

「ロキと私が会うのって、……二度目よね？」

「……」

探るように問いかけると、ロキは無言でリゼを見返した。

彼は肯定も否定もしない。

ゆっくりと瞬きをしながら、リゼをただ見ていた。

「……そうだっけ？　覚えてない」

程なくして彼はそう答える。

知らないといった顔できょとんと首を傾げる様子に、リゼは一瞬自分の勘違いかと思いかけたが、よく見るとその唇は僅かに綻《ほころ》んでいた。

これは絶対に覚えている。

単にはぐらかしているだけだと確信すると、ロキはさらに口端を緩め、いたずらっ子のような笑みを浮かべた。

「嘘だよ。覚えてる」

「やっぱりそうなのね」

「だけど、俺だって驚いたんだ。偶然とはいえ、こんなこともあるんだって」

「じゃあ…、ロキは私がいるって知らなかったの？」

「ここに来る前に、娘の名がリゼだとは聞いていた。だけど、なんとなくどこかで耳にしたことがあると思っただけだよ」

「そうだったの……」

リゼの相づちに、ロキはこくんと頷いた。

普段は大人びて見えるのに、その表情は年相応でかわいらしい。

彼が弟と言われてもすぐに実感は持てないが、一人っ子の自分にこんなかわいい弟ができたと思うと、そう悪い気はしなかった。

「ロキはどうしてうちに引き取られたの？　ご両親や兄弟は？」

「それは……」

けれど、至極当然の疑問をぶつけると、途端にロキは顔を曇らせる。

聞いてはいけないことなのだろうか。

考えてみると、父は詳しく教えてくれなかった。

ロキは眉を寄せて俯き、先ほどとは打って変わって哀しげな表情を浮かべた。

「……ごめん、今は話せない。限られた者以外に事情を明かしてはいけないと言われてるんだ。リゼの父上や母上もそれは同じだから、聞いても答えられないと思う」

「……っ」

「でも……、そんなこと言われても納得できないよな……。いきなり家族として暮らせと言われても困るのは当然だ……。それは……わかるよ。……だけど、俺にはもうここしか居場所がないから……」

彼は消え入りそうな声でそう言い、目を伏せた。

伏せた睫毛がふるふると小さく震えている。

もしかして、彼にはもう戻る家がないのだろうか。

両親や兄弟とも、会えない状況なのだろうか。

ロキにどんな事情があるのか自分には想像もつかないが、行くあてもないほど追い詰められているとは夢にも思わず、リゼは慌てて首を横に振った。

「そ…ッ、そういうつもりで聞いたわけではないの……ッ！　驚きはしたけど、嫌だとは思ってないわ」

「だけど」

「嘘じゃないわ！　その…、ロキと仲良くなりたいと思ってるから」

「……本当？」

「本当よ」

「なら…、ここにいてもいいのか？」

「もちろんよ」

「……そっか、よかった」

大きく頷くと、ロキは安心したように息をついた。

まだ彼は十二歳だ。きっと、心の中は不安でいっぱいだったのだろう。

これから少しずつ仲良くなって、いつか本当の姉弟のようになれればいい。そう思いながら、リゼは静かに立ち上がった。

「もう戻るのか？」

「えぇ」

「……なら、部屋まで送るよ」

「でも、ロキは寝るところだったんでしょう？」

「そうだけど、まだ少し一緒にいたい気分だから」

「そ、そう…」

そんなませたことをさらりと言えてしまうなんて末恐ろしい子だ。

リゼにとって親しい男性というと、父ミハエルかイザークくらいしかいない。父はともかくイザークは堅物な人だったから、甘い言葉を囁かれることなどほとんどなく、こういった返しをされるのははじめてだった。

——また思い出してしまった……。

ロキの話を聞いている間は平気だったのに、気を抜くとすぐにイザークのことを思い出してしまう。

並んで廊下を歩き、自室に戻る間、リゼは何度もため息をつく。

ロキはそのたびにこちらを窺っていたが、リゼはそれにまったく気づかず、戻ったら早く横になろうと自分のことばかりを考えていた。

「じゃあ、ここで……」

部屋に着くと、リゼはすぐにドアノブに手をかける。

「リゼ待って！」

だが、扉を開こうとした瞬間、ロキは思い切った様子で口を開く。

振り向くと、眉根を寄せてじっとこちらを見つめる彼と目が合った。

「なに？」

「あ…、あのさ……、この一か月で……、何かあった……？」

「え…っ、ど…、どうして…？」

「だって、あのときよりずいぶん痩せたみたいだから……。本当のことを言うと、リゼと再会したことより、そっちのほうに驚いたんだ」

「……っ」

驚かれるほど痩せているとは気づかなかった。

リゼは自分の頬を指先でなぞり、確かに肉が落ちたかもしれないと納得した。

――ロキにまで心配されてしまった……。

その優しさにまた少し心が温かくなる一方で、この一か月で起こったことを彼に話すべきか迷う。

隠したところで、いずれ噂話で耳にするに違いない。

尾ひれのついた噂を聞かれるよりも、いっそこの場で話してしまったほうがいいのではないか。

そう思ってリゼは呼吸を整えると彼に向き直った。

「実はね…、私、婚約者に振られてしまったの……」

「……え」

「一か月くらい前、向こうのお父さまから、突然婚約を解消したいと手紙が届いて……。彼の家とはずっと良好な関係だったし、はじめは何かの間違いだと思っていたのだけど……、お父さまが話し合いに行ってもどうにもならなかったの」

「理由は…？」

「よくわからない…。けど、彼は本当は、私と結婚したくなかったのかもしれないわ。一度だけ届いた手紙には、短い別れの言葉が綴られているだけだったから……」

ロキは目を見開き、息を呑んでリゼを見ている。

そのまっすぐな視線に堪えられなくなり、リゼは顔を背けてドアノブを回した。

一刻も早くベッドに逃げなければ、ここで泣いてしまいそうだった。

「あ、なに…っ」

ところが、扉を開けるや否や、ロキがいきなり腕を摑んできた。

「リゼ、俺も中に入っていいか？」

「えっ!?」

「だって、このままじゃ絶対泣くだろ？　今だって泣きそうな顔してるのに、黙って戻れるかよ」

「な、泣いたりなんて……」

「とにかく入るから」

「あ…っ！」

　ロキはリゼの手首を摑み、強引に部屋に入ってくる。一瞬立ち止まると、部屋の奥の天蓋付きのベッドに目に留め、躊躇うことなく歩を進めた。

　リゼは呆気に取られ、その勢いに逆らえない。

　気づいたときには、促されるままにベッドに座らされていた。

「あ…あの……」

「横になって」

「え…、で、でも……」

　いきなりそんなことを言われても困る。

　戸惑いぎみにロキを見上げると、彼はため息交じりに呟いた。

「顔色は悪いし、目の下に隈《くま》も……。もうどれだけまともに寝てないんだよ」

「……ッ！」

その言葉に、思わずぐっと胸が詰まる。

ロキが酷く優しい目で自分を見ていることに気づいて、途端に涙腺が緩み出す。我慢しようにも、止めどなく熱いものが頬を伝って誤魔化すことができない。

「……ふ…、……う…ッ……」

リゼは声を震わせながらベッドに横になった。

するとロキに頭を撫でられ、当たり前のように手を握られる。

労りに満ちた彼の温かさに、リゼはますます涙が止まらなくなった。

それからしばらく二人の間に会話はなく、部屋には時折嗚咽が響くだけだったが、リゼの呼吸が落ち着いてきたのを見計らい、ロキは穏やかな口調で話しかけてきた。

「……彼は…、どんな人だった？」

「え…」

彼とはイザークのことだろうか。

どうしてそんなことを今聞くのかと思ったが不思議と抵抗はなく、リゼは涙を浮かべながら、たどたどしく答えた。

「……すごく…、真面目な人……。背が高くて…、声は…、低いけど穏やかで……」

「リゼはそういう男が好きなのか？」

「わ…、わからない……。そんなの考えたことない……」

「でも、好きだったんだろ？」

「……ん…」」

「そう。じゃあ…、どのくらい背が高かった？」

「どのくらい……、……あ…、あの柱の…、少し窪《くぼ》んでいる辺り……「……柱？　扉の近くの？　……へぇ、結構大きいね」

リゼが扉から程近い柱を指差すと、ロキは振り返って頷いている。

イザークは真面目な人だからよほどの理由がない限りは部屋に来てくれなかったけれど、たまたま風邪をひいて寝込んでいたときに心配して様子を見に来てくれたことがあったのだ。

後にも先にも彼がこの部屋に足を踏み入れたのはその一度だけだったが、リゼは熱にうかされながらも柱の小さな窪みの位置に彼の頭があるのをしっかり記憶していた。

彼とのことは、昨日のことのように思い出せる。

それが、すべて忘れなくてはならない過去になったなんて信じられない。

イザークは自分より六歳上で、いつだって大人の態度を崩さなかった。

そんな彼に追いつきたいと思っていたのに、もうその姿を目にすることができない。

どうしてこうなってしまったのだろう。

何を間違ったのだろう。

リゼの目から再び涙が溢《あふ》れ出し、ぽろぽろと頬を伝っていく。

失ったものの大きさに、打ちひしがれるばかりだった。

「……リゼ、かわいそうだ……」

そのとき、不意にリゼはふわりとした温もりに包まれる。

そっと覆い被さる細い身体。

頬にかかる柔らかな髪の感触。

ロキに抱き締められたことはすぐに気づいた。

しかし、あまりに優しい抱擁《ほうよう》だったものだから、リゼは抵抗を感じるどころか、その細い肩に顔を埋めて嗚咽を漏らしていた。

「……う…、……っ」

ロキのほうがよほど大変な状況なのに何をやっているのだろう。

情けなく思うのに、慰《なぐさ》めてくれているのがわかって、ますます涙が溢れてしまう。

彼はこんなに優しい子だったのか。はじめて会ったときは少し意地悪で素っ気ない子などと思ってしまった。

教会でのやり取りを思い出し、リゼは唇を震わせる。

今思うと、あのときの自分はまさに幸せの絶頂だった。

もしも、あのときに戻れたなら何か変わるだろうか。

そこまで考え、リゼは自分に呆れた。

本当はわかっているのだ。

いい加減、現実を見なければならない。

どんなに想いを馳せても、取り戻すことはできない。

未練がましく思い出を追いかけるのは、終わりにしなければならないと……。

「リゼ…、しばらくこうしてるから眠ってしまいなよ。きっと今なら何も思い出さずにいられる。怖い夢を見たら俺が起こしてやるから」

ロキは耳元で囁き、リゼの頭をやんわりと撫でた。

なんて優しい手だ。

あまりの心地よさに、久しぶりに強い眠気に襲われた。

ゆっくりと瞼《まぶた》を閉じると、途端に意識が遠のいていく。

——今なら……、本当に何も思い出さずにいられそう……。

リゼは深く息をつき、その手の温もりだけを感じることにした。

あれほど眠れなかったのが嘘のように、すぐに何もわからなくなる。たちまち部屋には規則正しい呼吸音が響くだけとなった。

彼はどのくらいの時間、そうしてくれていたのだろう。

翌朝目覚めたときは自分一人しかいなかったが、ロキがいつ部屋を出て行ったのかわからないほど、リゼは深い眠りに身を投じていた——。


一方ロキは、リゼが眠ったことにすぐには気づかず、しばし彼女を抱き締めていた。

「――リゼ……？」

すぐ傍で感じるリゼの吐息。

それが規則正しい呼吸音に変わった気がして、ロキは僅かに身じろぎした。

まさかと思って顔を覗き込むと、彼女はすぅすぅと寝息を立てていた。

固く閉じられた瞼はぴくりとも動かない。

彼女の頬に軽く触れてみたが、不自然な反応はなかった。

「もう…、寝た…のか……？」

いくらなんでも早すぎるのではと、その顔をじっと見つめる。『眠ってしまいなよ』と言ってからまだ一分も経っていなかった。

「……嘘だろ？」

ロキは彼女の頬を撫でるのをやめ、ゆっくり身を起こす。

ベッドに膝を立ててリゼを見下ろすと、彼女は途端に身を縮めて何かを探す素振りを見せた。ロキの温もりが消えて、寒くなったのかもしれない。

ロキはそんな彼女をしばし無言で見ていたが、ややあってもう一度彼女の頬に触れてみる。

涙で濡れた肌。

婚約者だった男との別れを悲しんで流した涙だ。

その涙のあとを繰り返しなぞってみるが、大きな反応はなかったので、瞼や額、鼻などにも触れ、最後に唇を指先でそっと突いた。

どこを触れても柔らかい。

そういえば、抱き締めたときもすごく柔らかかった。

ロキはリゼの唇を指でなぞりながら、呼吸と共に上下する彼女の胸の膨らみに目を向ける。

一際柔らかそうなそこに、なんの躊躇いもなく手を伸ばすと、興味の赴くままに感触を確かめた。

「……ん」

どれだけ深い眠りに落ちているのか、彼女はまるで起きる気配がない。

それでも感覚はあるのだろう。リゼの呼吸に僅かな乱れを感じて、ロキは全身にぞくぞくとしたものが走るのを感じた。

「……、……ぁ」

彼女は僅かに眉を寄せ、時折微かな喘《あえ》ぎを上げる。

もっと聞いてみたくなって、乳首の辺りを指でこね回した。間近でリゼを見つめて反応を探っていると、やがて彼女は身を捩《よじ》って切ない声を上げた。

「イザーク…さま……っ」

「——ッ！」

じわりと溢れる涙。

その涙は目の端を伝い、次々と枕に零れ落ちていく。

ロキは動きを止めて、しばし彼女の涙を目で追いかけた。

しかし、なかなか泣き止む気配がないことにため息をつき、彼女の耳元に顔を寄せると、言い聞かせるように囁いた。

「リゼ…、その名を呼んではいけない」

「……う…ん」

「もう思い出すな。わかったか？」

「……」

「ロキ…。ロキと呼べばいい。……リゼ…、ロキだ……、ロキ……」

「……、……う」

ロキは何度も執拗《しつよう》なまでに彼女の耳元で繰り返した。

「ロキ…、ロキ…、ロキと呼べ」

「……っ、……ん…う……」

顔を背ける彼女を追いかけてなおも囁くと、徐々に息が乱れ出す。

ロキ、ロキ、これからは俺の名を呼べ。

他の男は思い出すな。

ひたすら繰り返されるうちに抵抗を諦めたのだろうか。程なくして唇を震わせると、リゼはか細い声を上げた。

「……キ…、……ロ…キ……」

甘い喘ぎ。

自分を呼ぶ彼女の声。

ロキはリゼの顔を覗き込み、満面に笑みを浮かべた。

今、彼女の夢の中に自分がいるのだろうか。

どんな夢？

二人で何をしている？

「リゼ…、もっと呼んで」

「……ンッ、……、……ロキ……」

「そう、もっとたくさん……」

ロキは甘く喘ぐその小さな唇にそっと口づけた。

柔らかくて、気持ちがいい。

もっとほしくなって、何度も口づけを繰り返す。

自分の名を呼ばせては、その唇の奥まで存分に味わった。

「……ふ、……う」

そのうちに、リゼは苦しげに喘ぎ出した。

何度も口を塞《ふさ》がれて息が苦しかったのだろうが、どうしてこれで起きずにいられるのかと不思議でならない。

あまりに隙《すき》だらけで無防備な姿に、ロキはくすくす笑って彼女を抱き締める。

いまだリゼは目に涙を浮かべていたが、そんな彼女の様子を、ロキは嬉しそうに見つめていた——。

第二章

ロキがヘンドリック家に来て三か月。

季節は移ろい、秋口に差し掛かった頃だった。

突然やってきたロキに当初は多くの者が戸惑いを見せ、リゼの両親とのやり取りにもぎこちなさが目立っていたが、この頃にはすっかり皆に受け入れられていた。

誰の目をも奪ってしまうほどの容姿だったこともあり、はじめは緊張ぎみに接する使用人ばかりだったが、ロキが思いのほか社交的で人懐《ひとなつ》っこい性格だったのが大きかったのかもしれない。

彼は、分厚い本を片手に父ミハエルと夜更かしして語り合うこともあれば、母シェリーから手製のマフラーをもらったときには一日中首に巻いて無邪気に喜んだ。また得意な乗馬で庭を駆け回っては「リゼ、見て！」と自慢げな顔をして、少年らしい活発さを垣間見せることもあった。そんな姿に誰もが目を細めるようになり、ごく自然にヘンドリック家の一員として受け入れられていったのだ。

ロキのお陰で、リゼもずいぶん明るさを取り戻すことができた。

心の傷が完全に癒《い》えたわけではないが、立ち止まったままではいられない。

皆に心配させ、ロキにもたくさん慰められて自分の弱さを痛感し、このままではいけないと思い直して、なんとか日常を取り戻し始めた頃でもあった。

もちろん、何もかもがうまくいっていたわけではない。

なんの血の繋がりもない少年を引き取ったことを知った親戚が、一体どういうつもりだと屋敷に押しかけてきたことは一度や二度ではなかった。そのたびに父が応対したが、曖《あい》昧《まい》な説明に不満をあらわにする者も少なくなかったのだ。


そんなある日のこと。

昼食の時間が近づき食堂に向かう途中、リゼは廊下の向こうから恰幅《かっぷく》のいい男がやってくるのを目にした。

「お客さま……かしら……」

この先には応接間があるから、おそらく父の客人だろう。

まだ少し距離があったために顔の判別はつかないが、廊下の真ん中を大股で歩く様子に横柄さを感じる。

だが、その男とさらに距離が近づいたとき、リゼは思わず目を丸くした。

「……え？　叔父…さま…？　トーマス叔父さまではないですか？」

「ん？　おお…、リゼ、リゼじゃないか！　これは驚いた。少し見ないうちに、すっかり大人の女性になったものだ」

「お久しぶりです。五年ぶりくらいでしょうか。いらっしゃっていたなんて知りませんでした」

「そんなに前になるのか。私も年を取ったわけだ」

「ふふ…っ、今日はどのようなご用件で？」

「あぁ、近くに来たついでに少し寄っただけさ。兄上と話したいことがあったからね」

「そ…うですか」

「まぁ、もう帰るところなのだが……」

彼は父の弟で、リゼからすれば叔父にあたる人だ。

幼い頃は何度も遊んでもらったので悪い印象はなかったが、こういった話の流れはここ三か月ですでに何度も経験している。どうやら叔父も他の親戚と同じように、ロキのことで話を聞きに来たようだった。

不機嫌そうな表情を見るに、父と言い合いにでもなったのかもしれない。なんのために素性の知れない少年を引き取ったのか、その子にヘンドリック家を継がせる気なのかと、多くの親戚が同じような質問をしたが、父ミハエルは『いずれ必ず話すから、もう少し待ってほしい』と言って頭を下げ、皆の批判をすべて一人で受け止めていた。

　そのような日々が続く中で、時折疲れた顔をしながらも家族には心配させまいと笑顔を絶やさない父が、リゼは気がかりでならない。自分もロキの事情は知らない身だが、父には父の考えがあるのだろうし、いずれ話すというその言葉を信じて黙って見守るしかなかった。

「リゼもさぞ不安だろう」

「え？」

「だから、その…例の少年のことさ。リゼも、何も知らされていないのだろう？」

　叔父はそう言って、窺うようにリゼを見る。

「え…、えぇ…、まぁ……」

　もしかすると、探りを入れられているのかもしれない。

　そんな気配を察して、リゼは曖昧な笑みで誤魔化した。下手なことを言っては父に迷惑がかかると思ったからだ。

　しかし、それを叔父は『自分たちと同じ側』だと捉えたようだ。

　大仰に頷くと、叔父は苦虫を噛みつぶしたような顔でため息をついた。

「まったく、リゼにまでそんな顔をさせて兄上は何を考えているんだ。その少年が卑しい出自の者ならば、話せないのも合点がいくが……」

「え…っ？」

「あぁいや、親戚の間ではそんな噂が立っているんだよ。もしかすると、引き取ったのは孤児じゃないかとね。優しい兄上のことだ、憐《あわ》れんでいるうちに感情に流された可能性は否めない。だが、それを納得する者などいるわけがない。そのような者をヘンドリック家の一員として受け入れられるわけがないだろう？　同じ空気を吸っているなんて、想像しただけで虫ずが走る。ヘンドリック家の面汚しと思われても仕方のない状況だというのに、兄上には危機感が足りないようだ」

「ッ！」

いくらなんでも、それは言い過ぎではないのか。

卑しい出自などと人を貶め、勝手な想像でそこまで言わなくてもいいだろう。

恥知らずな叔父の言葉に怒りが込み上げ、リゼは声を荒らげそうになるのを必死で堪えながら毅然と言い返した。

「お言葉ですが叔父さま、父は後先考えずに行動する人ではありません。卑しいと思う基準は人それぞれでしょうが、その子を知りもしないのに酷い言葉を使うことには疑問を覚えます。憶測で語られてもまるで説得力がありませんから」

「な…ッ!?」

「それに私、四か月前に王子さまの結婚式に列席したとき、その子と会っているんです。そのときは身なりもきちんとしていましたし、あの場に招待されるくらいなのだから、それなりの家柄の子だと思います」

リゼはそこまで一気に言うと、大きく息をつく。

別にロキがどのような生まれであるかは、自分にとってはどうでもいいことだ。だから本当は教会で会ったときのことなど言いたくはなかったが、身分にこだわる相手に納得してもらう方法を他に思いつかなかった。

生意気なことを言っている自覚はある。

けれど、父の弟がこんな考えを持っていたことがあまりに哀しく、どうしても我慢できなかったのだ。

「そ…、そういうことは……早く言いなさい……っ」

叔父は顔を赤くして、それだけ言うのが精一杯のようだった。

言い負かそうと思ったわけではないが、結果的に叔父の自尊心を傷つけたのかもしれない。叔父はしばし言葉を詰まらせたあと、悔しさを顔に滲ませながら、今度はリゼに矛先を向けた。

「ところで…、リゼは婚約を破棄されたそうだな」

「……ッ、え、ええ…」

「なるほどな。今のでよくわかった」

「何が…ですか？」

「何って、破談にされた理由に決まっているだろう。男はかわいげのある娘を好むものだ。そういう生意気なところが相手の気に障ったのではないか？」

「――ッ！」

その言葉にリゼは一瞬で蒼白になった。

みるみる強ばる表情に、叔父は「やれやれ」と言って肩をすくめる。

相手を傷つけることで自尊心を取り戻したのだろう。

勝ち誇った様子で叔父が横を通り過ぎたが、リゼには返す言葉が見つからない。

今のは悔し紛れの言葉だったのかもしれないが、むしろ『そうだったのか』と納得してしまう自分がいて、足音が聞こえなくなったあとも、その場に立ちすくんだままだった。

と、そのとき、

「――リゼ！」

不意に後ろから声をかけられた。

だが、リゼは振り向くことさえできない。

すると足音が近づいて、声の主はリゼの前で立ち止まった。

目の前に立つのはロキだ。

彼は今のやり取りを見ていたのだろうか。

声で誰かはわかっていたが、心配そうに見つめられると居たたまれなくなり、リゼは目を伏せて俯いた。

「リゼ、部屋に戻ろうか」

「え…？」

「俺、今日はリゼと二人きりで食事をしたい気分なんだ」

「で、でも…」

「いいから行こう。──ラルフ、リゼの部屋に二人分の食事を用意してくれ。父上と母上には、あとで俺から話す」

「は…っ」

どうやらラルフも一緒だったらしい。

食堂に向かうロキに付き従っていたのだろう。そういった姿は珍しくない光景だ。

ラルフはすぐさま食堂のほうへと向かい、足音も聞こえなくなった。

「……リゼ、手を繋いでいい？」

ややあってロキに聞かれたが、返事をする前に手を取られた。

少し強く握られ、「行こう？」と首を傾げる彼にリゼは小さく頷く。

こんなふうに優しくされると、どうしていいかわからない。

涙が溢れそうになったが、せめて部屋に着くまではと必死で我慢した。

けれど、途中で何人かの使用人と顔を合わせたとき、皆リゼを見て驚いた顔をしていたので、すごく変な顔になっていたのかもしれない。

それからすぐに、リゼはロキに連れられて自室に戻った。

「リゼ、ソファに座ろう？」

「……ん」

促されるままソファに腰かけるとロキも横に座った。

彼は俯くリゼをじっと見つめていたが、そこで扉をノックする音が響き、顔を上げるとラルフが入ってきた。

もう食事を持ってきてくれたようだ。

ワゴンをテーブルの傍に付けると、ラルフはてきぱきとした動きで用意を始めた。

「ロキさま、食事の準備が整いました」

程なくして、ラルフは自分たちに顔を向ける。

テーブルには料理が盛られた皿や、ティーセットが整然と並べられていた。

「あとはもういい。しばらくここに人を入れないように」

「承知しました。では失礼いたします」

ロキはテーブルには目も向けずに素っ気なく答える。

ラルフのほうも、そんなことには慣れている様子だった。

リゼは静かに閉まった扉に目を向け、二人は雑談もしないのだな、などとぼんやり考えていた。

「リゼ、すぐに食べる?」

「え…?　……あ」

二人きりになると、ロキに顔を覗き込まれた。

だけど、すぐに頷くことができない。

折角準備してくれたのだから今すぐ食べたい気持ちはあるが、先ほどの叔父の言葉が心に刺さって棘《とげ》のように抜けない。無理をすれば食べられるだろうが、正直なところ食欲が湧かなかった。

「じゃあ、少し時間を置いてからにしようか」

「でっ、でも…、それではロキのお腹が空いてしまうわ。先に食べていいのよ？」

「それじゃ意味がない。俺はリゼと食べたいんだ。だから目一杯空腹を味わって、あとで一緒に食べる。それはそれで愉しそうだから」

「愉しそう…？」

「だって俺、空腹になったことがないんだ。リゼはある？」

「えぇ…、ときどきは……」

「へぇ、そうなんだ」

ロキは感心した様子で頷いている。

空腹になったことがない？　そんなことがあるのだろうか。

リゼは内心耳を疑ったが、ふとラルフの顔が思い浮かんだ。

彼のことだから頃合いを見計らってはロキにお菓子を用意したりして、空腹にならないように気をつけているのかもしれない。そう思うと、あり得ない話ではなさそうだと妙に納得してしまった。

ラルフは執事のような落ち着きを持ち、いつ何時でもロキのために動こうとする。

そこまで主人のために尽くす使用人をリゼは他に知らない。そんな人が傍に付いているくらいなのだから、やはりロキはそれなりの家の子なのだろう。

「どうかした？」

「え？」

「リゼ、何か言いたそうな顔してる」

「そ…、そんなことは」

「言えばいいだろ。遠慮するようなこと？」

「遠慮というか……。その…、もう少し、ラルフに優しくしてあげてはどうかと思っただけで……」

「……ラルフ？」

「ほ…、ほら…っ、彼はロキのためにいつも色々してくれているでしょう？　時々労いの言葉をかけるとか、感謝の気持ちを表すとか」

「それって、俺がラルフに冷たいということ？」

「あ…、えっと、そうではなくて。ロキって彼以外の使用人には笑顔で話すのに、不思議だと思って……」

「……そう」

ロキは考え込んでいるようだ。

こんなことを言って、不愉快な思いをさせてしまっただろうか。

そう思ったが、彼はさほど気にする様子もなく素直に頷いた。

「わかった。リゼがそう言うなら気をつける」

「あ、ありがとう」

「うん。それより…、さっきは助けられなくてごめん……」

「え？」

「あの男にリゼが馬鹿にされたとき……、事を荒立てるだけだから、出ないほうがいいってラルフに止められたんだ」

「あっ、そんなの気にしないで！　お父さまやロキのことを酷く言われて、私もついカッとなったのがいけないのよ。小さな頃、何度か遊んでくれた人だったから、なんだかショックで……」

「そうなんだ。……でも、俺はリゼのああいうところ、すごくいいと思ってるけど」

「……ああいうところ…って？」

「相手が誰でも自分の意見をはっきり言うところ」

「……ッ」

「だから、あんなの気にするなよ」

そう言って、ロキはまっすぐリゼを見つめる。

まさか彼がそんなふうに見てくれていたとは思わなかった。

弟というのは、こんなにも温かな存在なのか……。

予想外の言葉に、ぶわっと涙が溢れた。

ロキはそれを見てなぜか嬉しそうに抱きついてきたが、こういったことに慣れていないリゼはいきなりすぎて狼狽えてしまう。

「ま、また……。なんでいつも抱きつくの……っ」

「だめ？　リゼに抱きつくと安心するからつい……」

「え…」

しかし、その言葉を耳にした途端、リゼは突っぱねようとしていた手を止めた。

これまでもロキに抱きつかれることは何度もあったけれど、戸惑うばかりで理由までは考えなかったのだ。

彼はまだ十二歳だ。

少し考えれば、寂しいことくらい想像できた。

「あ…、ううん。だめなわけじゃないわ……」

「本当…？」

「も、もちろん……」

「……よかった」

ロキは、寂しがりやで甘えん坊なのだろうか。

ここに来るまでは、こうする相手がいたのだろうか。

目を閉じてリゼの肩に顔を埋める表情にはまだ幼さが残っていて、胸がちくっと痛むのを感じた。

「あの、ロキ……」

「……なに？」

「そ…、その……、私のこと、姉上って呼んでもいいからね……」

「え…？」

「あっ、えっと…、お父さまやお母さまのことは、すぐに『父上、母上』って呼んでいたから……っ。だから、私のことも……遠慮しないで呼んでほしいなって」

「……」

彼には情けないところばかり見られているが、少しは頼りにしてくれたら嬉しい。

抱きつかれるのに慣れるにはまだ少し時間がかかりそうだが、人に甘えられるのは思いのほか心地がよかった。

だが、ロキは何も答えない。

恥ずかしがっているのか、再びリゼの肩に顔を埋めてしまった。

彼の黒髪が頬に当たって、リゼは遠慮がちに手を伸ばす。

柔らかくて気持ちがいい。

そのまま彼の頭を撫でていると、ロキはさらにぎゅうっとしがみついてきて、指先がリゼの肩甲骨を僅かに掠った。

「――んぅ…ッ！」

その瞬間、リゼは唐突に声を上げた。

得体の知れない感覚が全身を駆け抜け、身体が勝手にびくついたからだ。

「……ッ、……？」

リゼはパチパチと目を瞬かせる。

何が起こったのか自分でもよくわからないが、それはほんの一瞬で、すぐに収まってしまった。

ふと、ロキがじっと見ているのに気づいて、「なんでもないの」と慌てて答えると首を傾げた。

——今のは、何かしら……？

自分のものとは思えない声だった。

どうしてあんなに過剰な反応をしたのか不思議でならなかった。

「……ははっ」

ややあって、ロキはなぜか愉しげに笑い出す。

何がおかしいのかよくわからなかったが、くすくす笑って肩口に頬ずりをしてくるものだから、くすぐったくて仕方ない。それに気を取られているうちに、リゼは先ほどの不思議な感覚のことなどすぐに忘れてしまった。

その後も、ロキに甘えられることはたびたびあった。

けれど、リゼはそうされることを疑問に思ったことはなかった。

ロキに甘えられるのは嫌ではなかったし、そういうときの彼はとてもかわいかった。何よりも、甘えられることで姉としての自覚が芽生え、前向きにもなれたからだ。

心の弱さをまざまざと見せつけられた日々。

もっとしっかりしていたなら、両親もイザークやロキの事情を話してくれたのだろうか。

考えてもわからないことではあったが、自分を見つめ直すいい機会だったのだと自身に言い聞かせ、リゼは必死に前を向いた。

物心ついたときにはとうに大好きだった婚約者。

幼い感情ではあったが、あれは間違いなく初恋と呼べるものだった。

その想いを断ち切るのは簡単ではなかったけれど、一人ではないと思えたから笑顔を取り戻せた。

このときの苦い感情は、他に例えようがないほど辛いものだった。

しかし、たくさんの支えがあったからこそ、少しずつ過去のものとして消化することができたのだ――。

第三章

——四年後。

生き生きとした新緑の季節。

ぽかぽかの陽気に、時折吹き抜ける爽《さわ》やかな風。

その日もリゼは、いつものように暖かな日差しに誘われて裏庭にいた。

「……なんて気持ちのいい陽気」

最近は、こうして日向ぼっこをするのが日課だ。

さぁっと吹き抜ける風で自身の金髪が揺れるのを心地よく感じながら、リゼはゆっくり目を閉じた。

のんびり過ごす日常。

何一つ不自由のない穏やかな生活。

それはある意味、とても幸せなことではあった。

しかしリゼは今、毎日をのんびり過ごすことに若干の不安を感じてもいた。

「……だって、あれから四年だもの」

リゼはため息交じりに呟き、雲一つない青空を見上げた。

イザークとの婚約が破談になって、もう四年だ。

あのときの失恋はその後の人生を変えるほどの大きな出来事だったが、十六歳だった少女が二十歳を迎えるほどの年月が経てば、さすがに心の整理がついている。

にもかかわらず、リゼはいまだに誰とも結婚していない。

特に結婚を拒んでいるわけではないのだが、そもそもそういう話が来ないのだ。

父にそれとなく尋ねてみても、リゼの新しい相手を探す素振りもない。貴族の娘、それも由緒ある侯爵家の娘が二十歳を過ぎても独り身でいるのは普通では考えられないことだったが、なぜか今日まで疑問を呈する者さえいなかった。

「そろそろ戻ろう……」

父には父の考えがあるのだろうが、最近は一人になると将来のことを考えてしまう。

リゼはふぅ…とため息をつき、両手で自身の頬を軽く叩くと、屋敷に戻るべくその場をあとにした。

「――リゼ！」

裏庭を離れ、部屋に戻ろうと階段を上っている途中、不意に自分を呼び止める声がした。

玄関ホールのほうに目を向けると、父ミハエルとロキの姿があった。

外出から戻ったばかりの二人を出迎えるために使用人が集まっていることに気づき、リゼも二人を出迎えようと階段を下りる。

「お父さま、ロキ、お帰りなさい」

「あぁただいま、リゼ。変わったことはなかったか？」

「えぇ、お母さまは寂しがっていましたけど」

「そうか。シェリーは……」

「たぶんお部屋に」

「なら、早く顔を見せてやらないとな」

リゼが頷くと、父は目を細めて微笑む。

その隣では、先ほどリゼを呼び止めたロキが小さく息をついていた。改めて彼を見ると、少し疲れた様子が窺える。

だが、ロキはリゼの視線に気づいた途端、にっこりと笑みを浮かべた。

「リゼ、部屋に戻るところだったのか？」

「え？　ええ」

「なら俺も行っていい？　リゼの部屋で少し休ませて」

「……別に…、構わないけど」

疲れたなら、自分の部屋でゆっくり休めばいいのに……。

密かに心の中で思ったが、リゼは言葉を呑み込んで頷いた。

父はそんなリゼの考えに気づいたのだろう。何げなく顔を向けると、『休ませてあげなさい』とその目が言っているのがわかって、心が狭いと思われたのではと恥ずかしくなり、リゼは顔を赤くした。

「じゃ…、じゃあ、行きましょう」

「うん」

取り繕うようにリゼは笑みを浮かべた。

ロキは何も気づいていない様子で嬉しそうに頷いている。当たり前のように腰に腕を回してきたので、リゼは思わずびくっと肩を震わせた。

「……ッ」

「どうかした?」

「あ、ううん……、なんでも……」

不思議そうに見つめられ、慌てて首を振ると、彼は「そう?」と言って前を向く。

リゼは息をつき、ふと視線を感じて顔を上げた。

周りにはミハエルとロキを出迎えに来た侍女が何人もいたが、彼女たちはロキばかりを目で追いかけている。

――なんて熱っぽい視線…。ロキが屋敷に戻るのは二日ぶりだものね……。

リゼは妙に納得してロキの横顔をちらっと盗み見た。

出会った頃は自分よりもずっと小さかったのに、今では彼の肩がリゼの目の位置にあり、すっかり追い抜かされてしまった。

くせのない漆黒の髪から覗く意志の強そうな眼差しや、珍しい紫色の瞳などは少年だった頃の面影を残しているが、今の彼を子供扱いする者はいない。最近はちょっとした仕草にも色気があって、彼が近くを通り過ぎるだけで真っ赤になってしまう侍女の姿をよく見かけた。

思い返してみても、この四年間のロキの成長は目を見張るものがあった。

社交的で頭の回転が速い彼は、両親ともすぐに良好な関係を築き、今は実の息子のようにかわいがられている。父などは、最近はどこへ外出するにも必ずロキを連れて行くほど信頼を寄せていた。

あれほどうるさかった親戚も、今はもう何も言ってこない。

昨年、王宮で開かれた晩餐会《ばんさんかい》に招待された際、父はロキを伴ったのだが、その物怖《ものお》じしない性格を国王陛下に気に入られ、以来、たびたび王宮に呼ばれるようになったのだ。

その噂はすぐに親戚の耳にも入り、そこからの手のひら返しには心底驚かされた。彼らはどこの馬の骨だかわからない子供を引き取ったことに不満を抱いていたはずだが、たとえ養子であろうと『ヘンドリック家の者が国王のお気に入りになった』という事実のほうが遥《はる》かに重要だったようだ。今ではロキにすり寄ろうとする者までいて、父を馬鹿にしていた叔父に至っては『兄上は目の付け所が違う』などと褒《ほ》めそやし、その変わり身の早さにリゼも呆れてしまった。

「……やっぱりここが一番だ」

リゼの部屋に入るなりロキはしみじみと言い、ソファに向かう。

昨日の外泊も国王から直々に呼ばれてのことで、かなり気疲れしたようだ。ロキはソファに腰かけると、そのままごろんと横になった。

けれど、今の彼が横になるにはそのソファは小さいみたいだ。

肩も脚もはみ出しているのをくすっと笑い、向かいのソファに腰かけると、リゼはふと窓辺に目を移した。

侍女のマーサが飾ってくれたのだろう。窓の近くに置かれた小さなテーブルには薔薇の花が飾られてあった。

彼女はああやって毎日のように花を飾って、部屋を華やかにしてくれるのだ。

そのさり気ない気遣いに、リゼはいつも温かな気持ちにさせられた。

「リゼ、何か良いことがあったのか？」

「え？」

「なんだか嬉しそうだから」

「あ…、ううん、なんでもないわ」

「……そう？」

どうやら気持ちが顔に出ていたらしい。

指摘されてリゼは自分の頬に触れ、小さく首を横に振った。

それでも目は窓のほうを見ていたから、その視線を追ってロキも窓辺を振り向く。あちこち目を向けているのか、右に左に頭が動いていたが、花瓶に生けられた薔薇に気づいたようで、そこで動きが止まった。けれども首を傾げているので、リゼが笑みを浮かべた理由はわからないのだろう。

ああいうささやかな気遣いが嬉しいだなんて、男の彼にはなかなか理解できないことなのだろうか。

そういえば、はじめて会った教会でも自分たちの感想は違っていた。

素敵な結婚式だったとうっとりするリゼに対して、ロキは退屈だったと言っていたのだ。やはり感覚が違うものなのだろうと一人納得したリゼは、そう引っ張る内容でもないと、別の話題を振ることにした。

「それにしても、王宮って大変な場所なのね。ロキってば、いつも疲れた顔をして帰ってくるんだもの」

「え…、あぁいや…、王宮で過ごすのはそんなに大変じゃないんだ。あの人の世間話に付き合うためだけに、何時間もかけて行くのが疲れるだけで……」

「あの人…？　って……。まさか陛下のことを言ってるの……？」

「そうだけど」

「なんて恐れ多いことを……！　ロキ、他の人の前でそんなふうに言っては絶対にだめよ！　誤解をされかねないわ」

「大げさだなぁ……」

「大げさじゃないわ！」

「わかってるよ。こんなこと、他のやつの前で言うわけないだろ？　これくらいわかれよな……」

　ロキはそう言って眠たそうにあくびをする。

　皆の前では大人ぶっているのに、彼はリゼと二人になると途端に子供のような口ぶりになる。

　もちろん、それだけ気を許してくれていると思えば悪い気はしない。

　大抵のことはリゼも聞き流すから甘えている部分があるのだろうし、今だって放っておけばここで寝てしまいそうだった。

「ロキ、寝るなら部屋に戻ったほうがいいわ」

「……まだ…寝てない」

　言いながら、その瞳はとろんとしている。

　身体は大きくなっても、こういうところは子供みたいだ。

　どうやらロキは、この屋敷に来た頃と同じ感覚でいるようで、暇さえあればリゼの部屋にやってきて目一杯寛いでいく。二人きりになると今でも抱きついてくることがあるので、甘えん坊なところはあまり変わらないようだ。

——まだ一度も姉上と言ってくれたことがないのが残念だけれど……。

今にも眠ってしまいそうなロキを見て、リゼは軽く息をつく。

自分には十六歳まで兄弟がいなかったから、そう呼ばれることに一時期すごく憧れていた。だから『姉上と呼んでもいいからね』とさり気なく要求したことも何度かあった。

しかし残念なことに、その要求はことごとく聞き流されてしまった。

両親にはここに来て一週間もしないうちに『父上、母上』と呼んで二人を喜ばせていたから、自分もその気分を味わえるのではと期待していたが、ロキは妙なところで恥ずかしがるようだった。

とはいえ、自分たちはかなり仲良くやれているほうだと思う。

こうして寛ぐロキは生まれたときからこの家にいるように馴染《なじ》んでいるし、リゼ自身、うたた寝くらいなら気にしない。

ただ、本格的に眠ってしまうときがあるから困ってしまうのだ。

以前はそういうことがあってもロキの体重が軽かったから、リゼでもそこのベッドまでなんとか運べたが、こうも成長しては手に負えない。

だから最近はロキがここで眠ってしまうと、ラルフの助けを借りてベッドまで運んでもらっている。さすがに自室まで運ばれるのは人の目もあるので、ロキも嫌だろうと思っての配慮だった。

——そういえば、さっきはラルフがいなかったようだけど、彼は一緒に戻らなかったのかしら……？

リゼはふと思い出し、不思議に思って首を傾げる。

今でもラルフはロキが行くところには必ずついていく。一昨日からの外出もロキたちと一緒に出かけたので、昨日は彼も屋敷にいなかったのだ。

違う馬車に乗って戻るのが遅れただけだろうか。

リゼは考えを巡らせ、ウトウトしながらもこちらを見ているロキと目を合わせた。

なんて油断しきった顔だ。

彼を見ていれば、自分を慕ってくれていることは言葉にせずともわかる。

気を許してくれているのも嬉しいし、それをかわいらしくも感じた。

だが、この頃は少し考えてしまうのだ。

ロキは四年前、ヘンドリック家に養子として迎え入れられた。

父も母も口にはしないが、本当は息子がほしかったはずだ。ロキを見る二人の眼差しがリゼを見るものと変わらないことを思うと、両親は彼を跡継ぎにするつもりかもしれないと……。

そうして、いずれはどこかの令嬢を娶《めと》ってヘンドリック家の当主となるのだろう。

リゼは次第にそんな想いに囚われるようになったが、置いてきぼりになった自分にどのような未来があるのかはまるで想像がつかない。男性ならともかく、貴族の女性がいつまでも独り身でいると、世間の目には問題がある娘だと映るようで、あることないこと噂されたりもする。最近では、いっそ自分が男だったらと考えることも多くなっていた。

「リゼ、どうかした？」

「え？」

「ココに皺《しわ》を寄せて、難しい顔をしてる」

「……あ」

ロキが不意に、自身の眉間に指を当てて問いかけてきた。

ついさっきまで寝てしまいそうだったのによく見ていると、リゼは苦笑いを浮かべて冗談交じりに答えた。

「私も男に生まれていたらよかったと、そんなことを思っていたのよ」

「……は…？」

するとロキは顔を強ばらせて、がばっと身を起こす。

「それ、本気で言ってるのか？」

軽く笑い飛ばされるのではと思ったのに予想外の反応だった。

ロキが立ち上がるのを見て、リゼは慌てて言葉を付け加えた。

「え、あの…ッ、ほら、ロキと同性だったら、もっと色々な話ができたかもって……。男の子の遊びにも、もっと付き合えたでしょうし」

「……なんだよそれ。俺は男の兄弟なんてほしくない」

ロキは眉をひくつかせ、不機嫌そうに低く答える。

その様子にリゼは口を噤む。

卑屈な考えに囚われて、馬鹿なことを言ってしまった。

自分の浅はかな発言を恥じていると、ロキはむすっとした表情のままリゼの隣に座って、じっと顔を覗き込んできた。

「……ロ…キ…？」

息がかかるほどの距離。

突然おかしなことを言い出したから心配してくれているのだとは思うが、それにしては近すぎる。

戸惑いを感じて、リゼは少し距離を取ろうと腰を上げた。

「あ…っ!?」

しかし、腰を浮かせたところで手首を摑まれ、強く引っ張られる。

反動でロキの胸に飛び込む形になり、リゼはぎょっとした。慌てて彼の胸に手をついて離れようとしたが、今度は腰を引き寄せられてしまい、先ほどより密着した状態で顔を覗き込まれる。

「リゼ、悩みがあるのか？　それとも、誰かに何か変なことを言われた？」

「べ…、別にそういうわけじゃ……ッ。冗談を言っただけよ……」

「本当か？」

「ほっ、本当よ…っ。それより少し離れて。近すぎるわ……」

「これくらい今さらだろ？　リゼだっていいって言ったくせに」

「そんな四年も前の話……」

「昔の話だって言うのか？　あの頃と何が違うって言うんだよ」

「そ…、それは……」

そう言われてしまうと言葉に詰まる。

けれど、リゼから見れば、今のロキはもう子供ではない。

身体も大きくなったし、力も強くなった。

彼のほうは四年前と同じつもりでいても、リゼは違う。

こんなふうに近づかれると、彼を意識しそうになって困るのだ。

侍女たちがロキに顔を赤らめる気持ちもわかる気がして、そんな自分が嫌になる。

そうでなくとも、最近のリゼには、ロキと距離を取りたいと思う『切実な事情』があった。

「──ひぁ…ッ!?」

直後、リゼは唐突に甲高い声を上げた。

「……え？」

「…ッ、……ッ」

思わず出てしまった喘ぎのような声音。

腰を抱くロキの大きな手が僅かに動き、指先がリゼの脇腹を掠っただけだった。

——またこの感覚……。

おまけに、身体はびくびくと震え続けている。

あまりにも過剰な反応だった。

「リゼ？」

「……あ、……、な、…んでも……」

リゼはなんとか平静を装おうとしたが、気を抜くとまた変な声が出そうになる。

ロキの視線から逃れるように俯き、声が出ないように自身の手で口を強く押さえた。

「気持ち悪い…のか……？」

「……ッ…、ふ……」

耳の傍でロキが問いかけてくる。

肌に息がかかってリゼの身体はさらにびくつき、顔を真っ赤にしながら何度も首を横に振った。

こうなったのは、いつからだっただろう。

気づいたときには、彼に触れられると身体が敏感に反応するようになっていた。

それでも以前はすぐに収まったからさほど気にせずにいられたが、最近はなかなか鎮《しず》まってくれない。

ドレス越しに触れるロキの手が、直接触れているように感じる。

少し動くだけで、全身を撫でられている錯覚に陥《おちい》った。

「リゼ…？」

「――ッ」

耳元で甘い囁きを聞いている気分になり、リゼは喘ぎそうになるのを必死で堪えた。

異常だとわかっているのに、どうすることもできない。

この頃は淫《みだ》らな夢まで見るようになっていた。

夢の中では真っ黒な影にのしかかられて快感に喘ぐ自分がいる。

酷いときは朝になって目が覚めると、下着が濡れていることまであった。

これでは、まるで欲求不満みたいだ。

自分はなんてはしたない娘なのだと何度も泣きたくなった。

「大丈夫か？」

「……ンッ」

気分が悪いのだと思って、ロキは背をさすってくる。

長い指。大きな手のひら。

触れているのは背中なのに全身が熱い。

リゼは涙を浮かべ、必死で声を押し殺す。

なのに、お腹の奥はじんじんして、中心からじわりと蜜が溢れ出すのがわかった。

「ロ…、ロキ…ッ」

「え？」

「マーサを…、呼んでくれる……？」

これ以上は堪えられないと、リゼは声を絞り出した。

「……うん。わかった」

ロキは微かに怪訝な顔を見せたが、素直に頷いて立ち上がる。

密着した身体が離れてリゼはほぅ…と息をつき、彼の背中を目で追った。

けれど、ロキは扉の近くで立ち止まると、なぜかそこから動こうとしない。何かを見ているようだったが、リゼの位置からはわからなかった。

「……、……もう、充分か」

ややあって、ロキは何かを呟いた。

しかし、あまりにも小さな声でリゼが聞き取ることはできなかった。

ロキはまた歩を進め、扉に手をかけた。

程なくして扉が閉まる音が響き、彼の足音が廊下に消えていく。その足音も聞こえなくなると、一気に力が抜けてリゼはソファにもたれかかった。

「……疲れた……」

去り際に一瞬彼が笑ったようだが、気のせいだろうか。

微かな疑問が頭の隅を掠めたが、このときはまだ身体が熱くて普通の状態ではなかったから、自分の思い違いだろうと、それ以上は疑問に思わなかった——。

❀ ❀ ❀

その日の夜。

皆で夕食をとったあと、リゼは二階のバルコニーで一人夜風に当たっていた。

昼間はあれほど熱を持っていた身体も、今はもうなんともない。

ロキが侍女のマーサを連れてきてくれたのは、あれからすぐのことだった。

マーサはソファでぐったりしていたリゼを見て体調を崩したと思ったようで、医者を呼ぼうとしてくれた。

しかし、それではこの身体の状態がばれてしまうかもしれない。

焦ったリゼは、そこまでではないからと慌てて断り、ならばせめてベッドで休むようにと言われて横になっていた。ロキはしばらく付いていてくれたが、なんだか目を合わせられなくて、ずっと寝たふりをしていた。

それからしばらくして部屋に誰もいなくなると、身体の熱は徐々に収まっていった。

二人には心配をかけてしまったが、実際は体調を崩したわけではない。夕食の時間が近づくと空腹を感じてきたので、様子を見に来たマーサに『もう大丈夫』と言ってベッドから出ると、何事もなかったかのように食堂へ向かい、つい先ほどまでいつもどおり愉しいひとときを過ごしていた。

けれど、一人になると途端に恥ずかしい自分を思い出してしまう。

──私の身体、どうなってしまったの……？

リゼは自身の肩をぎゅっと抱き、深いため息をつく。

まさか自分が身体を持て余すようになってしまうとは思わなかった。こんな恥ずかしい話、とてもではないけれど誰にも相談できない。

しかも、身体が熱くなるのは、ロキに触れられたときだけなのだ。

マーサや他の侍女に着替えを手伝ってもらっても、ああはならない。

やはり、どこかでロキを意識しているのかもしれない。

それでこんなおかしな身体になってしまったのだろう。

──できれば、ロキをもう部屋に入れたくない。

部屋に来る頻度を少なくしてくれるだけでもいいのだ。

そんなことを言えば彼を傷つけるだろうが、二人きりになってまた身体に触れられれば、今度こそ気づかれてしまうかもしれない。この関係を壊したくないと思うからこそ、浅ましい自分を知られたくなかった。

「折りを見て、ロキに伝えよう……」

リゼはぽつりと呟き、そろそろ部屋に戻ろうと身を翻《ひるがえ》す。

暖かくなったとはいっても、長時間夜風に当たっていれば身体が冷える。一応ショールを羽織ってはいたが、若干の寒さを感じてぶるっと身を震わせると廊下に戻った。

この時間になると、使用人の姿もほとんど見かけない。

リゼは窓の向こうに見える半月を眺めながら、しんと静まり返った長い廊下をひたひたと進んでいく。

「――…ルフ、今日は帰るのがずいぶん遅かったな」

そのとき、どこからか声が聞こえてきた。

リゼは足を止めてきょろきょろと辺りを見回す。

すると、廊下の向こうから二つの人影がこちらに歩いてくるのが見えた。

「申し訳ございません。少々報告が長引いてしまい……」

ロキとラルフだ。

だが、いつもと少し様子が違う。何か揉《も》めごとでもあったのだろうか。

彼らはリゼに気づいていないようで、そのまま話を続ける。

「っは…、一体どんな報告だか……。おまえ以外の使用人では勝手が違うから、いないと不便だといつも言っているはずだ。つまらないことに時間をかけるな」

「申し訳ございません。以後このようなことはないようにいたします」

普段よりも抑揚がないロキの低い声音。

ひたすら謝罪を繰り返すラルフの静かな声音。

気がつけば、リゼは柱の陰に身を隠していた。

——あら？　私、どうして隠れたりなんて……。

自分でもなぜ隠れたのかわからず首を捻る。

二人のやり取りが普段自分の知るものと違っていたから、思わずこんな行動を取ってしまったのかもしれない。ロキはなんらかの事情で帰りの遅かったラルフを責めているようだが、謝罪している相手に対して、あまりに冷たい言い方をするから驚いたのだ。

——そういえば、前に一度ロキに注意したことがあったわ。

リゼはふと、彼がここに来た頃のことを思い出す。

ここに来た当初、ロキの態度が傍付きのラルフには他の使用人と比べて妙に冷たいように感じて、時々は優しい声をかけてはどうかと注意したことがあった。あのときのロキは素直にそれを聞き入れ、その後は改めた様子が見えたので気にすることはなくなっていた。

だが、今のやり取りには、あの頃以上の冷たさを感じた。

態度が大きいというか、偉そうというか……、とにかくあまりいい印象ではない。

眉を寄せて考え込んでいると、足音はさらに近づいてきて、先ほどよりも二人の会話がはっきり聞こえてきた。

「まぁいい。俺のほうも向こうに用がある。ラルフ、今からまた行けるな？」

「ロキさまの命令とあらば……」

「ならば父上に伝えろ。そろそろ結婚式の準備が必要だとな」

「……ッ、で、では」

「あぁ、予定どおりリゼを妻に迎えることにした」

「……っ」

「何を驚く？　俺がここに来て四年が経つ。もう充分だろう。これ以上は無駄に時間を過ごすだけだ。ラルフ、おまえは明日の昼までにはここに戻れ」

「しょ…っ、承知しました…ッ！」

珍しく動揺しているのか、ラルフは声を上ずらせていた。

ロキの命令を受けて一礼をすると、彼は廊下を引き返したようだ。どこか慌てた様子の一人分の足音が遠ざかっていく。

──なんの話……？

一方、リゼは柱の陰に身をひそめたまま、完全に出る機会を逸していた。

今、二人はなんの話をしていたのだろう。

耳を疑うような内容に理解が追いつかずにいる中で、不意に『リゼを妻に迎える』と言ったロキの声が頭の中で響いた。

途端に心臓がドクドクと騒ぎ出し、リゼは胸を押さえて息を詰める。

父は屋敷にいるはずなのに、わざわざラルフに言伝《ことづて》を頼んだのはなぜだろう。

ロキの言う『父上』が別の誰かを指しているようで、みるみる疑問が膨らんでいった。

──きっと、何かの間違いよ……。

たぶん、自分の解釈が間違っているだけだ。

彼らの話を最初から聞いていたわけではないのだからと、リゼはなんとか思い込もうとした。

「この俺が、四年もか……。ずいぶん我慢をしたものだ」

だが、そんな気持ちをあざ笑うようなロキの呟きが耳に届く。

彼はその場でしばし窓の外を眺めていたようだが、程なくして歩き出し、リゼの隠れる柱を通り過ぎていった。

近くにリゼがいたことに、彼は最後まで気づかなかったようだ。

足音は徐々に小さくなり、完全に聞こえなくなった頃には辺りは静寂に包まれ、自分の呼吸が微かに響くだけとなった。

「……ッ」

リゼはおそるおそる柱から顔を覗かせ、左右を見回す。

誰もいないことを確認すると、激しさを増す鼓動を押さえつけるように胸に手を押し当て、自室に向かって一気に走り出した。

頭がぐらぐらする。

聞いてはいけない話だった気がする。

リゼは無我夢中で走った。

しかし、部屋の前まで戻ったところで、急に日常へと引き戻された。

「――まぁ、リゼさま！　そんなふうに廊下を走って、なんてお行儀の悪いこと！」

なかなか戻らないリゼを待っていたマーサと鉢合わせしたのだ。

「……マ…サ…？」

「お着替えがまだでしたので、ずっと待っていたのですよ。いつまで経ってもお転婆なんですから……っ」

「あ…、ご、ごめんなさい…っ」

彼女は部屋を出たり入ったりしてリゼを待っていたらしく、ちょうど扉を開けて廊下を見回していたところだったようだ。

そういえば、廊下にはすでに使用人の姿がなかった。

各々の仕事を終えて、皆自分の部屋に戻る時間だからだ。

自分のことしか見えていなかったと反省し、リゼは慌てて中に入った。

「マ…、マーサ……、怒ってる……？」

「怒ってなどいませんよ。心配していたのです」

「ごめんなさい…。今度、もし同じことがあったら部屋に戻っていいからね……？」

「お着替えはどうなさるのですか？」

「ネグリジェなら、一人で着替えられると思うから……」

「まぁ…、いらぬ遠慮などするものではありませんよ」

「だって」

「……リゼさま、いいですか？　嫌々やっているならともかく、私はこの仕事が好きなのです。あまり寂しいことを言わないでくださいな。リゼさまの御髪《おぐし》を梳《と》かしてからでないと、一日の仕事を終えた気にならないのですから」

「マーサ……」

言いながら、マーサはリゼの着替えをてきぱきと手伝い、ネグリジェの袖のフリルを整えている。それが終わると今度はリゼを椅子に座らせて、いつものように丁寧に髪を梳かしてくれた。

彼女の柔らかな手が、今日は殊のほか自分の気持ちを和らげてくれる。

この一時だけは、頭にちらつく疑念を忘れさせてくれた。

けれど、彼女は一晩中ここにいてくれるわけではない。

「では、おやすみなさいませ。温かくしてお眠りくださいね。夜は冷えますから」

程なくして一日の仕事を終えたマーサは、にっこり笑って部屋を出て行った。

彼女はリゼの仮病を何一つ疑うことなく、体調を崩したと思って身を案じてくれていたようだった。

「ありがとう。……ごめんなさい」

部屋に一人きりになり、リゼは掠れた声で呟く。

張り詰めた心が僅かに緩んで、少しだけ泣きたくなった。

だが、先ほどのロキとラルフの会話が頭を過って、すぐに顔が強ばっていく。自然と息が上がり、落ち着かなければと深呼吸を繰り返すが、意に反してどんどん呼吸が乱れていった。

「……ロキと私が…結婚？」

改めて口にしてみると、酷い違和感がある。

ロキはこの家に養子として迎え入れられて、リゼの弟になったのだ。

父もそう説明していたし、この四年間は家族として過ごしてきた。

なのに、先ほどロキはなんと言った？

しかもリゼの父以外の誰かを彼は『父上』と呼び、言伝を頼まれたラルフは慌てた様子で走り去った。

「あれは…、ロキの本当のお父さまのこと……？」

ロキの素性について、いまだリゼは何も知らされていない。

いつか話すと父は言ったが、四年経った今も口を閉ざしたままだ。

自分が知らないだけで、ラルフを介して実の父親とずっと連絡を取り合っていたのだろうか。考えてみれば、これまでもラルフの姿を見かけない日はあった。

――コン、コン。

「……ッ!?」

そのとき、不意にノックの音が響いた。

リゼは大きく肩を震わせ、パッと扉に顔を向ける。

こんな時間に誰だろう。

息をひそめていると、少し間を置いてゆっくり扉が開いた。

「リゼ…？」

「……ロ…キ？」

「なんだ、まだ起きてたのか」

「こ…、こんな時間に……どうかしたの……？」

「昼間体調が悪そうだったから、気になって様子を見にきたんだ」

「そ、そう…。心配かけてごめんなさい。もう寝ようと思っていたところなの」

「そうなんだ」

リゼの言葉にロキは優しい顔で頷く。

それは自分の知っている普段の彼で、先ほどラルフに接していたロキとはまるで別人だった。

何が本当で、何を信じればいいのかわからない。

リゼは立ち尽くしたまま、当たり前のように部屋に踏み入るロキの動きを目で追いかけた。

「どうかしたのか？」

「え…っ？」

「そんなところに立ってないで座ればいいのに」

「あ…、えぇ。そう…ね。そうするわ」

「……？」

指摘されるまで、自分が立っていることに気づかなかった。

リゼはぎこちなく笑みを浮かべて、近くのソファに腰かける。

ロキは不思議そうに見ていたが、すぐに気を取り直した様子でリゼの隣に座った。

「……ッ！」

だが、その瞬間、リゼは勢いよく立ち上がった。

いつもならこんな反応はしないが、逃げるようにその場を離れると、慌てて向かいのソファに座る。

「……何それ？」

ロキは顔を強ばらせて低く呟く。

不愉快そうな声音にリゼはハッと我に返った。

どうしてあからさまに避けてしまったのだろう。

これでは不審に思われて当然だ。せめていつもどおりを装うべきだったと、今さらながら後悔した。

「ロ、ロキ…ッ、あの、その……っ、私、ずっと考えていたのだけど、そろそろこうやって部屋に来るのはやめたほうがいいと思うの……っ！」

けれど、リゼはさらにロキを避けるようなことを言ってしまう。

「……は？」

「あっ、絶対にだめって言っているわけじゃないのよ？　ただ、お互いもう子供ではないのだし、いつまでも姉弟でべったりっていうのもおかしいでしょう？」

なぜだか勝手に口が滑《すべ》る。

このことは折りを見て冷静に話そうと思っていたのだ。この流れで話す内容ではない。

それがわかっているにもかかわらず、いつもどおりを装おうと思えば思うほど、余計に怪しまれるようなことを言ってしまう。

「ずいぶん唐突だな」

「……そ、そんなこと」

やはり不審がられているようだ。

訝しげに見られて、リゼは慌てて目を逸らした。

それでも彼の強い視線を感じ、次第に堪えられなくなって目を泳がせる。

疑ってくれと言わんばかりの言動に、ロキはしばし無言でいたが、程なくして何かに勘づいた様子で顔を上げた。

彼は長い脚をゆったりと組み、喉の奥で小さく笑った。

「あぁ、もしかして…、さっきの話を聞かれていた？」

「……っ！」

リゼの心臓は途端に大きく跳ね上がる。

なんのことだかわからないといった顔で首を傾げて誤魔化してみたが、ロキは口端を引き上げてますますおかしそうに笑った。

「盗み聞きしてたんだ？」

「そっ、そんなことしてないわ…っ！」

「嘘つき」

「う…、嘘なんてついてない！　私、何も聞いてないわ……っ」

「じゃあ、何をそんなに動揺してるんだ？」

「してないったら…ッ！」

我ながら、なんて嘘が下手なのだろう。

むきになればなるほど、ロキは愉しげにリゼを追い詰めてくる。

ここまで怪しい行動を取って、嘘だと見抜かれていることもわかっていたが、知らない振りをしていたかった。

「じゃあ、俺の目を見て言える？」

「もちろんよ」

言いながらも、リゼはロキを見ることができない。

「早く」

「わ…ッ、わかってるわ……っ」

口ばかりで行動に移さないから、からかうように急かされた。

だが、そこでロキが動いたのが視界の隅に映って、リゼはぱっと立ち上がる。こちらに来ようとしていたのか、腰を浮かせたロキと目が合った。

「――ッ」

その瞬間、リゼは扉に向かって駆け出していた。

あんなに綺麗だと思っていたロキの瞳が、やけに恐ろしく思えたのだ。

けれど、その動きを予想していたのか、あっさりと先回りされてしまう。

「やぁ…っ!?」

腕を摑まれて強引に引き寄せられると、広い胸に閉じ込められそうになる。急いでドアノブに手を伸ばしたが届く位置にはなかった。

「いや、いや…ッ、本当に何も知らない……ッ、本当よ……ッ!」

リゼは何度も首を横に振った。

弟と思ってきた相手が夫になるだなんて、想像もつかない。

そもそも、誰がこんな話を認めるというのだ。『予定どおりリゼを妻に迎えることにした』だなんて、ロキはまるで自分の意志で決めたような口ぶりだったが、貴族の結婚はそんな簡単なものではない。家と家とを結びつける契約のようなもので、彼の一存でどうこうできるものではなかった。

――え…、予定どおり……？

そこまで考えて、リゼは息を呑む。

ロキはあのとき、『予定どおり』と言っていたのだ。

それはつまり、四年前から自分と結婚するつもりだったということではないのか。

――四年前……？

まさかと思い、リゼは顔をひくつかせた。

四年前といえば、イザークとの婚約を解消させられたときだった。

ロキがこの家にやってきたのは、それから間もない頃で……。

「……ッ！」

そんな馬鹿なことがあるはずがない。

リゼは一瞬過った考えを慌てて打ち消した。

さすがにそれは考えすぎだ、いくらなんでもあり得ないと否定したが、その疑惑がどうしても消えず、おそるおそるロキを見上げた。

「なに？」

彼は僅かに首を傾げて微笑んでいた。

こんなときなのに、怖いほど綺麗な微笑みだった。

「……も……、もしかして……、ロキは……知ってた…の？」

全身から血の気が引いていくのを感じながら、リゼは声を絞り出す。

盗み聞きしたことを認めるようなものだったが、どうしても確かめずにはいられなかった。

「知ってたって、何を？」

「……イザークさまとの婚約が…、破談になったこと……」

「……」

「ロキは、最初から知ってたの……？」

まさかという思いは消えない。

それでも、間違いだと言ってほしい気持ちのほうが強かった。

なのに、そんなリゼの願いは届かず、ロキは濁《にご》りのない眼差しで耳を疑うようなことを口にした。

「当然だろ。おまえたちの婚約は、俺が破談にさせたんだから」

「……え？」

「正確には父上の命令でな。だが、同じことだ」

「どういう…こと……？」

「どうって、ラルフとの話を聞いていたならだいたいの察しはつくだろう？」

「……」

「なら、はっきり言葉にしてやろうか。——俺の本当の父は、この国の王だ。その権力を行使すれば大抵のものが思いどおりになる。おまえもそうやって手に入れるつもりでいた。俺は使えるものを使っただけだ」

「ッ!?」

もう黙っている必要はないと思ってか、ロキからは何一つ躊躇いを感じない。

しかし、リゼには簡単に呑み込める話ではなかった。さすがにそこまでの想像はついていなかった。

目の前の彼は……。

今まで自分が弟と思っていたのは……。

頭にさまざまな瞬間が浮かんでは消えていく。

ならば、ずっと騙されていたというのか。

はじめからロキが仕組んだものだったというのか。

イザークとの別れに泣き暮れていた自分を慰める優しさも、何もかもが嘘だったというのか。

――だったら、この四年間はなんだったの……？

裏切られた気持ちでいっぱいになり、リゼは唇を噛みしめる。

「ロキとなんて結婚しないわ……ッ！」

人をなんだと思っているのだ。

相手が王子であろうと、もはやどうでもよくなり、感情のままに声を上げていた。

「……なんだと？」

「絶対にいや…ッ！　ロキとだけは結婚したくない…っ！」

瞬間、彼の目つきが変わった。

それまでロキはリゼを腕の中に閉じ込めるだけに留めていたが、強引に身体を抱き上げると、ベッドのほうへと歩き出した。

「は…、放して…ッ！」

リゼは驚いて身を捩る。

抱き上げる腕がやけに熱く、このままベッドに運ばれるだけとは思えなかった。

しかし、彼はその抵抗をものともしない。涼しい顔で天蓋の布を片手で払うと、リゼをベッドに放り投げたのだ。

「きゃあ…ッ!?」

ベッドに落とされた衝撃で、身体が僅かに弾む。

一瞬自分がどうなったのかわからなかったが、ロキが視界に入ってリゼは慌てて逃げようとする。だが、その前にのしかかられてしまい、ほとんど何もできないまま組み敷かれていた。

「おまえは俺のものだ！　拒絶は許さない…ッ！」

「――ッ！」

黒髪から覗く、獰猛《どうもう》な眼差し。

これまで見たことのないロキの表情にリゼはビクッと肩を揺らした。

このままでは彼の好きにされてしまう。

のしかかる身体の重みに恐怖を感じて、リゼはなんとか逃れようとした。

だが、その儚い抵抗はいとも容易《たやす》く封じられてしまう。力強い腕に掻き抱かれ、もがいているうちに強引に脚の間に身体を割り込まれてしまった。

「リゼ、このまま俺を受け入れろ」

「やめ…て…ッ」

「拒絶は許さないと言ったはずだ。おまえに俺を突き放すことはできない。必ず俺を受け入れる」

「ひぅ…ッ、ンッ」

ロキは言い聞かせるようにリゼの耳元で囁く。

どうにかして押しのけようとしたが、彼の身体はびくともしない。

それどころか、肌に息がかかった途端にリゼは甲高い声を上げていた。

「ん…ぅ…ッ、あぁ…っ」

すると、ロキはにやりと笑って背に回した手を動かし、指先で背筋をなぞり始める。

ぞくぞくとした感覚が全身を駆け巡り、リゼは喉を反らして喘いだ。

「リゼ、おまえは俺の女だ。こうすることは四年前から決めていた」

「ンぅ…ッ、っは、あ…ッ」

背筋を這《は》う太い指先。

低音の甘い囁き。

たったこれだけのことで、リゼの身体は火がついたように熱くなっていた。

自分で自分が信じられない。

この身体はどうなっているのか。

こんな状況でどうして感じているのだ。

声を抑えようとするが、彼の手で身体の奥深くまで触れられている感覚になり、さらなる喘ぎを上げてしまう。

「んん…っ！」

やがてロキの手がリゼの脇腹へと進み、ネグリジェの下に差し込まれると、少しずつ乳房に向かう。徐々にネグリジェの裾が捲《まく》られて、大きな手がリゼの豊満な胸を鷲摑みにした。

「んッ、んンッ、や…あ……」

リゼは熱い手の感触に肩をびくつかせた。

しかし、抵抗らしいことは何一つできない。

身体に力が入らず、ただ熱い息を漏らしていただけだった。

「ふ、あ…ンッ、あっ、あぁ…んッ」

空気に晒《さら》された乳房は揉みしだかれるごとに形を変える。

ロキは満足げに笑みを零すと、果実のような頂に口づけ、熱い舌でねっとりといたぶり始めた。

「いい啼《な》き声だ……」

「……っは、く…、ん…ぅ……ッ」

まるで自分の中に違う誰かがいるようだった。

絶対に許せない、ロキのものになどなりたくないと思っているのに、身体のほうは少し触れられただけで熱くなってしまう。胸をまさぐられ、突起を舌でいたぶられると快感が募って、身体の中心から蜜が溢れ出した。

自分自身に裏切られたような気持ちになり、リゼは激しい自己嫌悪に陥った。

そうしている間も身体はロキの愛撫でますます蕩《とろ》かされていく。これ以上されたらどんなふうになってしまうのか、想像したくもなかった。

「も…、やめて……、お願い……っ」

「……やめる？」

「全部なかったことにするから……っ。ロキと、これまでどおり接するから……、だから……ッ！」

リゼは目に涙を浮かべて懇願した。

本当は、なかったことになどできそうもない。

これまでどおり接することも、できないかもしれない。

自分でもそれはわかっていたが、なんとかここで終わりにしてほしくて必死だった。

「っは……」

だが、ロキはそんなリゼの願いを一笑に付す。

「あ…う…ッ！」

指先で乳首をぴんと弾き、リゼがびくびくと身を震わせるのを彼は愉しげに見ていた。

程なくして、ロキは口端を歪《ゆが》めて身を起こし、ドロワーズに手をかける。

見れば、腰紐がいつの間にか解かれていた。

まさかと思って起き上がろうとするが、力が入らない。

それを横目に、ロキはなんの躊躇いもなくドロワーズを脱がしていく。

なぜそんなに手慣れた動きなのだろう。

一瞬疑問が浮かんだが、すぐにそれどころではなくなった。

ドロワーズは見る間に足首を抜け、彼はそれをベッドに放り投げると、不敵な笑みを浮かべてリゼにのしかかってきた。

「これまでどおりの関係を、俺が望むと思うか？」

「……ッ」

「そんなことはさせない。後戻りなどさせるものか」

「やめ…ッ」

「リゼ、おまえは俺のものになるんだ……ッ！」

「ん、んぅ——…ッ！」

顎を摑まれ、同時に唇を塞がれる。

口の中を這う、ぬめった熱い感触。

歯列、上顎、逃げ回るリゼの舌を追いかけ、蛇のように巻き付いてくる。

これがはじめての口づけなどと思う間もなく激しく貪《むさぼ》られ、まともに息もできない。

苦しくて身を捩ると、ロキはさらにリゼの舌を強く搦め捕った。

厚い胸板を押し返そうとするが、彼はさらに身体を密着させてくる。ロキはもう片方の手をリゼの下腹部へと伸ばすと、何度か中心を擦っただけで強引に指を差し込んできた。

「んん、んぅ――ッ、んんー…ッ！」

リゼは塞がれた唇の奥で悲鳴を上げた。

中心を行き交う太い指。

ロキは指を入れてすぐに出し入れを始めた。

いきなりのことにリゼは強いショックを受けたが、さらなる追い打ちをかけたのは自身の身体だった。

「ンッ、ん、アッ、んっ、んん…ッ」

中心に差し込まれた指が何本かはわからない。

けれど、指が動くたびにぐちゅぐちゅと淫らな音が響く。

自分の身体から溢れた蜜の音。

耳を塞ぎたくなるようないやらしい音。

何本もの指で中がいっぱいになるほど広げられているのに、こんな音がするほど濡れていたことを知り、リゼは愕然とした。

「リゼ…、この程度のことで今さら恥ずかしがるな。おまえはずっと俺に感じていたはずだ。昼間も、少し触れただけで感じていただろう？」

「……ッ!?」

「気づいていないとでも思ったか？　それくらいとっくに知っている。だから、もう何も考えるな。おまえはただ快感に身を委ねていればいい。俺のすべてを隅々まで刻みつけてやる」

彼は気づいていたから、必要以上に触れようとしていたのか。

ロキは呆然とするリゼの唇をぺろりと舐め、中心から指を引き抜いた。

淫猥に濡れた眼差しや、頬にかかる熱い息づかいが彼の高揚を窺わせる。ロキはリゼの足首を摑んで開脚させると、素早く自身の下衣をはだけさせ、いきり立つ熱塊を蜜の中心へと押し当ててきた。

「は…、ん…、あぁ……っ」

そのまま何度か中心を擦られているうちに、リゼは無意識に甘い声を上げ始める。

なぜだか、この熱を知っている気がした。

しばしば見る夢の中で、いつもこうされている気がした。

急激に現実感がなくなり、もしやこれはすべて夢なのではと、そんなことをぼんやりと考え始める。

ロキは動きを止めて、リゼの腰を摑んで引き寄せた。同時に自身の腰にも力を込めると、なんの躊躇いもなく入口を押し広げていく。

しかし、リゼはこの状況をまるで理解できずにいた。

のしかかるロキをぼうっと見上げていると、やや遅れて強い圧迫感と破瓜《はか》の痛みが襲いかかる。そのときになってはじめて、最奥まで貫《つらぬ》かれたことに気づいたのだ。

「ひ…、う、……い…、い……ッ」

「……っ」

リゼは苦悶《くもん》の表情を浮かべて身を捩った。

けれど、ロキは肩で息をしながらリゼを見下ろし、本能のままに腰を前後させる。驚いて逃げようとする身体に体重をのせると、自身の手でリゼの手を押さえつけ、激しい抽送をはじめたのだった。

「あぁッ!?　い…っ、あぁあ……ッ!」

「……くッ」

「やぁ、痛…い…ッ、ロキ…、ロキ、お願い動かないで……ッ」

「リゼ…、おまえの声、堪らない……。この身体も……ッ。おかしくなりそうだ……っ」

「ああ――ッ!」

ロキは苦しげに眉を寄せて何度も奥を突き上げる。

強引に内壁を押し広げられ、彼のものが奥を行き来するたびに痛みとも苦しみとも知れない感覚が募り、リゼは悲鳴を上げながら弓なりに背を反らした。

熱い、苦しい。

痛い、哀しい……。

信じていた相手に裏切られた挙げ句の、なんの同意もない一方的な行為だった。

リゼはぼろぼろと涙を零し、少しでも痛みが和らぐ場所を求めて踵に力を入れ、上へ上へと逃れようとした。

「ひ、んん…ッ！」

なのに、ロキはそれを封じるように覆い被さってくる。

強い力で掻き抱かれると、今度は角度を変えて小刻みに揺さぶられた。

その直後、

「——あ…ッ!?」

突然、得も言われぬ感覚に襲われ、リゼは大きく目を見開く。

突かれる場所が変わったからか、肌に熱い息がかかったからかはわからない。

どういうわけか、いきなり何かが全身を駆け抜け、びくんと肩を揺らすと無意識に彼を締め付けていた。

「……ッ、……ココか……」

やがて、ロキは切なげに息をついて身を起こす。

何かを確信した様子で笑みを浮かべると、リゼの首筋から胸元にかけて赤い痕がつくほど口づけ、今度は硬く尖らせた舌先で乳首を転がし始めた。

「ン…ッ、あぁ…は……」

先ほどまでとは一転して、甘やかな愛撫をされてリゼは思わず喘いでしまう。

——なに…これ……？

急速に広がっていく熱に、戸惑いを隠せない。

中心を貫く激しさは変わらないのに、痛みとは違うものをお腹の奥で感じるのだ。

「は…ぁっ、あっ、あぁ…あ…ッ」

自分の身体なのに、まるでついていけない。

その感覚はじわじわと全身へ広がり、痛みを訴えていた声は艶を帯び始める。彼の与えるものが快感へと変わり出し、それと共に苦悶に満ちたリゼの表情も違うものへと変わっていく。

「リゼ…ッ、もっと俺を受け入れろ」

「ひぁ…ンッ、んっ、あっ、あっあぁ…ッ」

身体の奥深くまで、彼の熱が侵蝕してくるようだった。

ほんの少し前まで痛みしかなかったのに、何が起こったというのだろう。

リゼは内壁を擦られるたびに身悶えてしまい、急速に広がる快感に逆らうことができなかった。

「いや…ッ、やあ…ッ、ああっ、いやあ……ッ」

嫌なのに、どうして感じてしまうのか。

相手はロキなのに、どうしてこんなに乱れてしまうのか。

——どこかでロキを意識していたから……?

だからこんなふうになってしまったのだろうか。

リゼは涙を流して首を横に振った。

認めたくない。

これが快感だと思いたくない。

そう思うのに、彼の与える刺激に身体は正直だった。

繋がった場所からは止めどなく蜜が溢れ、淫らな水音が部屋に響き渡る。

羞恥で身体の熱はさらに上がり、耳元でロキの吐息を感じるとお腹の奥が切なくなって、一層追い詰められていく。強い収縮が起こって濡れた内壁を蠢《うごめ》かせ、行き交う熱をきつく締め付けながら、さらなる快感を求めようとしていた。

「リゼ…、もっとだ……ッ」

ロキの掠れた喘ぎが耳元で響いて、身体がびくつく。

激しい息づかいと忙しないその腰の動きには、余裕など一切感じない。

リゼを追い詰めながらも切なげな表情で眉を寄せるのがやけに色っぽく、その顔を見ているうちに、何かに急き立てられていくのを感じた。

もうこれ以上は我慢できない。

何かに攫われてしまう。

痛いくらいに抱き締められて、目眩がするほど内壁を擦られた。

「あぁっ、いやっ、ああ――ッ」

リゼは狂おしいほどの快感に背筋を反らす。つま先にくっと力が入り、彼を強く締め付けると、全身をわななかせながら激しい絶頂に打ち震えた。

「――…っく、……ッ」

直後、ロキの苦しげな喘ぎが耳元で響く。

彼もまた絶頂が近いのかもしれない。

リゼの身体を小刻みに揺さぶり、彼は自身の先端で執拗に最奥を擦り上げた。

程なくして断続的に内壁が痙攣《けいれん》し始めると、その淫らな刺激で我慢の限界を超えたのだろう。ロキは掠れた呻きを上げると、切なげに息を震わせながら、リゼの奥に大量の精を放ったのだった。

しかし、その後も彼の熱はまったく衰えを見せない。

精を放ってもなお、内壁を擦り続けていた。

その動きが徐々に緩やかになって完全に止まるまではかなりの時間を要し、そのときにはリゼの身体はすっかり力が入らなくなっていて、人形のようにただ揺さぶられるだけだった。

「リゼ…、おまえは俺のものだ……」

「……う……ぁ、……っ、……ん」

ようやく動きが止まったかと思えば、今度は息が整わないうちに唇を貪られた。息ができずに苦しかったが、リゼは何一つ抵抗できない。どうやっても身体に力が入らず、なすがままにその行為を受け入れるしかなかった。

リゼは朦朧としたままロキを見上げる。

彼は熱の籠もった眼差しで、とても嬉しそうに笑っていた。

「言っただろう？　おまえは、俺を必ず受け入れると……」

「……ふ…、……う……」

なんの反論も思い浮かばなかった。

リゼは強い失望と嫌悪を自身に抱く。

ロキの与える快楽に堕ちた淫らな自分。

苦しいほどの口づけを受けながら、ただただ涙を流し続けていた――。

第四章

——翌日。

どんなことがあっても、日が昇れば朝になる。

この日もリゼはいつものようにマーサに起こされると、家族と朝食の時間を過ごすために食堂に来ていた。

ここに来れば、ロキと鉢合わせするのは避けられない。

昨日の今日でどんな顔をすればいいのかわからず憂鬱《ゆううつ》な気持ちでいっぱいだったが、行かなければ父や母を心配させてしまう。

どのみち、何を聞かれたとしても、あんなことは絶対に話せない。

ならばせめて不審に思われることのないようにと、リゼはできる限り平静を装って皆と過ごしていた。

なのに、少しもお腹が空かない。

焼きたてのパンの香ばしい匂いが鼻腔をくすぐり、料理が美味しそうに盛られた皿を並べられているのに、なかなか食が進まなかった。

「リゼ、どうかしたの？　さっきからほとんど何も口にしていないようだけど……」

ほとんど手を付けられずにいると、母シェリーが心配して声をかけてきた。

「あ…、その……、なんでも……」

「なんでもないようには見えないわ。顔色も少し悪いようだし」

「そういえば、先ほどロキが教えてくれたが、昨日は体調を崩していたそうじゃないか。どうして言わなかったんだ？　遠慮することではないだろう。なんなら今からでも医者を呼んで……」

「い…ッ、いえ…っ、お父さま、身体はもう平気なんです……ッ」

「だが…」

「違うんです。実は、朝起きてすぐにお菓子を食べてしまって……」

「えっ？」

「ごっ、ごめんなさい……ッ。そのせいでお腹が空かないだけなんです」

「まぁ…っ」

リゼの言い訳に二人とも目を丸くしている。

嘘をつくにしても他に何かあったのではと思うが、そう咄嗟には浮かばない。

二十歳を過ぎた娘がお菓子を食べてお腹が空かないだなんて呆れられて当然だが、言ってしまったからには嘘を通すしかなかった。

「いつまでも子供で困ったものだ。リゼ、食事を作ってくれる者のことを忘れてはいけないよ。次からは気をつけなさい」

「はい…、わかりました」

父に注意され、リゼは素直に頷く。

だが、心の中では恐怖や憤り、さまざまな負の感情が渦巻《うずま》いていた。

こんな嘘をつかなければならないのも、すべてはロキのせいだ。

食欲がないのもロキのせいなのに、当の本人は平然とリゼの前の席に座っている。彼のほうはほとんど食事を済ませ、今は淹れたての紅茶を口にしていた。

――あんなことをしておいて、どうして何事もなかったようにできるの……？

目を向けると、ロキは視線に気づいて顔を上げた。

彼は僅かに口元を綻ばせて小さく首を傾げる。意味深な笑みを浮かべると、また紅茶のカップに口をつけた。

リゼは俯いて唇を噛みしめる。

彼はきっと、リゼが昨夜のことを両親には言わないと思っているのだ。

――そうよ。あんなこと、言えるわけないじゃない。

朝、起こしに来たマーサに着替えを手伝ってもらったときだって、胸元の鬱血《うっけつ》の痕を見られた瞬間、『虫に刺されたみたい』と言って誤魔化したばかりなのだ。

おそらく、マーサは何か勘づいたはずだ。

それでも、信頼する彼女にさえ本当のことは言えなかった。

――あれが夢だったらよかったのに……。

リゼは赤い痕が散らばっていた辺りを、服の上からそっと指で触れる。

汚れた身体は綺麗に拭いたけれど、こんな形で昨夜の名残《なごり》に気づかされるなんて思いもしなかった。

「さて、そろそろ戻ろうか」

父の声にリゼはハッと我に返った。

見れば、皆食事を終えていた。

父が席を立つと、それに倣《なら》って母やロキも席を立ち、リゼも慌てて立ち上がる。

しかし、このまま部屋に戻ることに躊躇いを感じ、リゼは食堂を出ようとする父に咄嗟に声をかけた。

「お父さま…ッ、す、少し時間をいただけませんか？」

「え…？　あぁ…、構わないが……。これからか？」

「できれば……」

「しかし、今日はあまり時間が取れないんだ。外せない用事があって、一時間後には外出しなければならないんだよ。それでもいいのか？」

「構いません。それから、お母さまにもいてほしいのですが……」

「私も…？　何か深刻な話かしら」

「いえ、そういうわけでは……」

リゼの言葉に反応して、母が近づいてきた。

けれど、ここで答えられる内容ではなく、今は曖昧に言葉を濁すしかなかった。

ふと視線を感じて振り向くと、ロキと目が合う。

彼はただリゼを見つめているだけで、まったく動揺する様子がない。

昨夜のことを、リゼが両親に話す可能性すら考えていないのだろう。

その視線から逃れるように顔を背けると、リゼは胸の辺りを指で触れた。

――この四年間は、一体なんだったの……？

何も知らずに婚約が破談となり、哀しみに暮れた日々を思い返すと、割り切れない感情が募るばかりだ。

せめて自分には知る権利があるはずだ。

だから、四年前に何が起こったのか、リゼは当時のことを両親から直接聞いておきたかったのだ――。

❀❀❀

リゼたちは食堂を出たあと、まっすぐ応接間に向かった。

侍女が紅茶を淹れに来たときに人払いを頼んだため、しばらくここには誰も来ない。

父と母と自分。

ロキがいなかった頃は普通の光景だったが、こうして親子三人で過ごすのは実に四年ぶりだった。

両親はテーブルを挟んだ向かい側のソファに座っている。

二人の顔がやや強ばっているように見えるのは、リゼの表情が硬いからだろうか。もしかしたら、彼らはすでに何かを察しているのかもしれなかった。

「リゼが改まって話がしたいだなんて珍しいな」

「はい…、お父さまたちにどうしてもお聞きしたいことがあって……」

「……そうか。言ってみなさい」

父ミハエルは穏やかな声音でリゼを優しく促す。

その隣では母シェリーも同調するように頷いていた。

リゼの手は緊張で湿っていたが、深く息をつくと、僅かに肩の力を抜いてから話を切り出した。

「四年前のことを……。ヘンドリック家にロキを迎え入れたときのことや、イザークさまとの婚約が破談になった経緯を教えてほしいのです」

「ッ！」

「お父さま…、どうか教えてください。ロキが私と結婚するためにここに来たというのは、本当なのでしょうか？」

「リッ、リゼ…ッ、誰にその話を聞いたんだっ!?」

「……ロキが…、彼から直接聞きました」

「ロキ…が……？」

「彼が王子だということも……」

「……っ」

二人とも、これまで見たことがないほどの驚きを顔に浮かべていた。

ミハエルは、リゼからの突然の問いかけに腰を浮かせかけたが、ロキから直接聞いたという言葉に、シェリーと顔を見合わせてソファに座り直した。

どうやら二人は、このことをロキが話すとは思っていなかったようだ。

彼らが話さなかったのは、リゼに知られないためでもあったはず……。ならばこれ以上隠し続ける理由はないのではと思い、リゼは二人の顔を交互に見ながら話を続けた。

「ロキがこの屋敷に来た日、お父さまはおっしゃいました。彼を本当の弟と思って仲良くしなさいと……。だから私も、そう思って過ごしてきたのです。今になって彼が結婚相手だと言われても一体どうすればいいのか……」

「リゼ……」

「私にはこの四年間、特定の相手はいませんでした。それとなく問いかけてみても、お父さまは曖昧に頷くだけで一向に結婚相手を見つけようとしないのを不思議に思ってもいました。けれど、ロキがその結婚相手だとは考えもしませんでした。むしろ、この家にはロキがいるから私はもういらないのではないか、私はお父さまたちに見捨てられたのではないかと、そんなふうに考えていたのです。……だけど、そうではなかった。私が何も知らなかっただけでした……」

リゼは唇を震わせ、消え入りそうな声で訴えた。

二人ならきっと自分の気持ちをわかってくれる。黙って耳を傾ける両親を、リゼはまっすぐ見つめた。

「もちろん、お二人が話せなかった事情もあるのだと思います。だけど私、このままではロキとのことを考えられそうにありません。だから、どうか教えてください。私はただ本当のことを知りたいだけなのです……！」

リゼは言葉にできる範囲で可能な限り正直に訴えた。

二人は息を呑み、言葉が見つからないといった様子だ。

ややあってミハエルが硬い表情でシェリーに目を向けると、彼女もまた瞳を揺らして彼を見つめる。それから再び場に沈黙が流れたが、やがてミハエルは天井を仰ぎ、リゼと同じ金色の髪をぐしゃっと掻き上げた。

おそらく、父は四年前のことを話すべきか迷っているのだろう。

けれど、躊躇いがちに何度も口を開きかけてはすぐに閉ざしてしまう。

しかしその膝にシェリーの手がそっと置かれると決心がついたようで、目を閉じて頷き、重い口を開いたのだった。

「――あれは、セシル殿下の結婚式から、一週間ほど経った頃だった。突然…、陛下から私宛てに直筆の手紙が届いたのだ……」

「陛下から…？」

「あぁ、話があるから今すぐ王宮まで来てほしいと、手紙にはそう書かれてあった。けれども、私には陛下に呼ばれる理由など心当たりがなかった。取るものも取りあえず王宮に向かうと、すぐに大広間に通され、程なくして陛下とやけに綺麗な顔立ちをした黒髪の少年が入ってきた。私が不思議そうにしていると、陛下は『この子は一番末の愛息、ロキだ』と紹介してくださった。恥ずかしながら、あのときまで私は彼の顔を知らなかったのだ」

「……っ」

「……ロキを見つめる陛下の眼差しは驚くほど優しく、殊のほか心を傾けていらっしゃるのが見て取れた。だが、なぜいきなり王宮に呼び出されたのか、陛下がロキを連れて来た真意も摑めない。疑問を抱く私に、陛下は突然要求を突きつけてこられた。ロキがおまえの娘を気に入ったようだから、婚約者とは別れさせるようにと……」

「な…っ!?」

そこまで言うと、ミハエルは眉を寄せて目を伏せる。

苦悶に満ちた表情から、そのときの光景が伝わってくるようだ。

あまりに横暴な話にリゼが絶句していると、ミハエルはため息交じりに話を続けた。

「もちろん、お断りしたよ。そんなことはできない。今はもう二人の結婚式の日取りを決めるだけなのだと、きちんと説明をした。しかし、なかなか引き下がっていただけなかったから、一旦話を持ち帰らせてほしいと頭を下げた。少しでも時間を稼いで、なんとかお断りする方法を探そうと思ったのだ。だが、陛下は少しの猶予《ゆうよ》さえ与えてはくださらなかった。リゼも覚えているだろう？　イザークの父から手紙が来たときのことを」

「は…、はい」

「あれにはイザークとの婚約をなかったことにしてほしいと書かれてあった。だが、本当は王家からの圧力に屈したことを告げる手紙だったのだ」

「それ…って……」

「……あぁ、私が王宮に呼ばれたときには、すでに陛下は手を回していたようだった。けれど、イザークたちを責めることなどできるはずがない。我々とて同じだ……。頑なな態度を取ったところで、ヘンドリック家の存続がかかっていると言われてはどうしようもなかった……」

「――ッ！」

「リゼには本当に申し訳ないことをしたと思っている。家のためとはいえ、あのような形で別れさせてしまった……。イザークとのことで塞ぎ込む姿を見ているだけで何もしてやれず、ロキを迎え入れても、まともな説明もできない。あのときほど、自分が無力だと感じたことはなかった……」

ミハエルはそこで一旦話を止め、目頭を押さえる。

そのときのことを思い出しているのか、眉間に刻まれた皺は深く、これまでずっと思い悩んできたことを窺わせるものだった。

――だからお父さまは、ロキのことを説明できなかったのね……。

親戚に責められても堪えるしかなかったのは、背後に国王がいたせいだったのだ。

国王が子煩悩な方だとは聞いていたが、我が子かわいさにそこまでする人だとは想像もつかなかった。

ようやく事の真相を知ることができたというのに憤りしか感じず、名状しがたい気持ちが湧き上がってくる。

ところが、ミハエルはそういった感情を表に出そうとはしない。

ゆっくり顔を上げると、窓の向こうを見つめてさらに話を続けた。

「はじめは…、ロキが恐ろしかったよ。いくら父親が国王だといっても、その権力を使ってこんなことをするなんて一体どんな子なのかと……。しかし、この家に来た彼と改めて話してみると、想像とはまったく違っていた。わがままを言うでもなく、傲慢な態度を取ることもない。屋敷の使用人にまで笑顔を向け、我々には照れた様子で『父上、母上』と言って甘えてみせる。それだけではない。彼が来たことで、リゼにも笑顔が戻り始めた。それを見て、良い意味で肩すかしを食らった気分にさせられたよ」

「……」

「本当は、こんなことを思ってはいけないのかもしれない……。だが、私もシェリーも心の底から安心してしまったのだ。彼はリゼをきちんと想ってくれている、ヘンドリック家の一員となる覚悟でここに来たのだと安堵してしまった。そして、ロキの成長を傍で見ているうちに彼を頼もしく思うようになり、いつしか『彼ならば』と思うようになっていたんだ」

ミハエルはリゼに視線を戻し、自嘲《じちょう》ぎみに微笑んだ。

その言葉の端々からは、ロキを信用しきっている様子が伝わってくる。

――お父さまは、そんなにもロキを……。

リゼは密かに手に力を込め、拳を握った。

自分も同じように思っていたから、その気持ちがわかるのだ。

だからこそ、悔しくて堪らない。

「リゼ、こんなことを聞かされても今は混乱するかもしれない。納得できない気持ちもあるだろう。……それでも、この結婚を受け入れてくれないだろうか。四年間、一緒に暮らしたロキを信じてくれないだろうか……」

「……ッ」

リゼはびくっと肩を震わせる。
父が静かに頭を下げてきたからだ。
しかも、それに倣うように母まで頭を下げてきた。
これはきっと、家のためだけではない。
ロキを想ってのことだとわかる行為だった。
――お父さま、お母さま、私は昨晩ロキに犯されたのよ……。
嫌だと言っても彼はやめてくれなかった。
積み上げた信頼など一瞬で粉々にする行為だった。
今ここで昨夜のことを打ち明けたならどうなるだろう。
二人とも自分を信じてくれるだろうか。
しかし、心の中で叫んだ言葉は、何一つ声にはならなかった。
言ったところで、どうにかなる問題とは思えない。
もしも父がリゼを信じて、ロキをこの屋敷から追い出すようなことになったとしても、
今度はヘンドリック家が潰されかねないのだ。
それでは皆が不幸になってしまう。
反対に、自分さえ我慢すればすべてが丸く収まる。
きっと、ヘンドリック家の未来も約束されたようなものだ。
――なんだか急に世の中が色褪《いろあ》せていくようだわ……。

結局、すべてロキの思いどおりになっていたというわけだ。

イザークと別れさせられたときから、彼の思い描いたとおりに事が進んできたとわかっただけだった。

ミハエルの言葉に、リゼは何も答えられない。

何一つ訴えることもできず、唇を震わせて俯くだけだった——。

❀　❀　❀

リゼたちは、それからすぐに応接間をあとにした。

気づけばミハエルの外出する時間になっていて、今日はここまでにしようということになったからだ。

慌てて出かけるミハエルを見送り、リゼは部屋に戻るためシェリーとも別れた。

別れ際、彼女はリゼをそっと抱き締めてきた。

久しぶりの抱擁はとても温かく、労ってくれているのが伝わったが、今の自分にはぎこちない笑みを返すのが精一杯だった。

——ロキがすべての元凶だったなんて……。

自室に向かう間、リゼは父の話を思い出して何度目とも知れないため息をつく。

はじめから選択肢などなかったという重い現実にズキズキと頭が痛み出す。ふと前を見れば、いつの間にか自室に辿りついていて、そのまま惰性で扉に手をかけた。

部屋に入ると、中程まで進んだところで立ち止まる。

窓から差し込む光に目を細め、誘われるように窓辺に向かった。

つい先ほど朝食を終えたばかりだと思っていたのに、ずいぶん日が高くなっている。父が外出する時間まで話をしていたのだから当然ではあったが、そういったことに気づく余裕さえなくなっていた。

リゼは窓枠に手をかけ、何げなく下を覗き込んだ。

すると、裏庭の厩舎《きゅうしゃ》からラルフが出てくるのが見えた。どうやら彼は外出先から戻ったところのようだ。

——ラルフはロキに言われて、王宮に行っていたのよね……。

なんだか、すごく変な感覚だ。

二人とも、四年もこの屋敷で過ごしてきたからだろうか。ここに来るまで、彼らが王宮にいたということがいまだに信じられない。

「……う……ん」

「え…？」

そのとき、すぐ近くで声がして、リゼはビクッと肩を揺らした。

同時にソファのほうで何かが動くのが視界の隅に映り、驚いて顔を向ける。

「あ…、ロ…、ロキ…ッ？」

部屋に入ったときは背もたれに隠れて見えなかったが、そこにはいつものようにソファに横になって寛ぐロキの姿があった。

「か…、勝手に部屋に入るなんて……っ」

まさか彼が来ているとは思わなかったから動揺が隠せない。

昨夜のことが頭を過り、途端にドクドクと鳴り響く鼓動で息が上がる。リゼはなんとか落ち着かねばと胸元を手で押さえて彼を睨んだ。

「リゼがなかなか戻らないのが悪いんだろ。それに、ノックしたから勝手に入ったわけじゃない。暇すぎて寝てただけだよ」

「いっ、いくら暇だからって……ッ」

「そんなことより、ずいぶん遅かったじゃないか」

「と…ッ、当然でしょう!?　四年前のことをお父さまたちから聞いていたんだもの……っ！」

「あぁそう」

ロキは興味なさそうに相づちを打ち、のっそりと起き上がった。

大きなあくびをすると、彼は涙で濡れた目でリゼを見上げたが、ふと思い出した様子でテーブルに手を伸ばした。

「これ、リゼにやるよ」

「……え？」

「綺麗だろ？　この赤い石は、アレキサンドライトっていう希少な宝石らしい。折角だからつけてみれば？」

言いながら、ロキは無造作に首飾りを手に取った。

まばゆい輝きを放つ宝石が散りばめられたそれは、ひと目で高価だとわかるものだ。

彼は首飾りを手の上で弄《もてあそ》びながら、満足げに笑みを浮かべる。その表情には悪びれる様子がまったく見られなかった。

「……ッ」

いつもと変わらぬ様子に、恐怖を超えてリゼの中でふつふつと怒りが込み上げてくる。

彼はこの状況で、どうしてそんな顔ができるのだろう。

高価なものを贈れば、機嫌を直すとでも思ったのだろうか。

人の人生を壊しておいて、平然としていられる神経が理解できない。

昨夜に至っては無理やり人を犯したくせに、何もなかったような顔をするロキが許せなかった。

「そんなものいらないわ！　卑怯者……ッ！」

リゼは思わず感情のままに叫んでいた。

これまで彼と過ごした平穏な日々はなんだったのかと思うと、とても我慢できなかったのだ。

「……なんだと？」

しかしその直後、ロキの表情がみるみる消えていく。

見れば、彼の瞳の奥には怒りの色が見え隠れしていた。

不意に、ロキの手から首飾りがするりと落ちる。テーブルの上でガシャッ…と無機質な音が響いたところでリゼは我に返った。

「あ…」

彼が王子だと聞いたばかりなのに、なんてことを言ってしまったのだろう。

感情に振り回されて、誰を相手にしているのか完全に失念していた。

やがて、ロキは立ち上がってこちらに近づいてくる。

綺麗な顔立ちをしているからか、表情がないと何を考えているのかわからなくて恐怖を感じた。

本気で怒らせたのだと思い、リゼは青くなって後ずさる。

なのに彼との距離は縮まる一方で、すぐに背中に壁が当たってしまった。左右を見回して逃げ場を探そうとしたが、なぜかロキから目が逸らせない。気づいたときには腕を摑まれ、壁に押さえつけられていた。

「俺の何が不満だというんだ!?」

「……い、いた……」

「教えろ。他にどんな方法があったというんだ？　手段があってそれを行使することの何が悪い!?」

「……ッ」

ロキはリゼの間近に顔を寄せて怒声を上げる。

見開いた目は瞳孔が開いていて、見たこともないほどの怒りをあらわにしていた。

そんなこと、自分に言われてもわかるわけがない。

悪いのはロキであるはずなのに、どうして責められなければならないのだろう。

そう思うのに、リゼは勢いに押されて何も答えられなかった。

「くそ…ッ」

「……んッ!?　……ん…ぅ…ッ」

すると、ロキは顔をしかめ、苛立った様子でリゼに唇を押しつけた。

突然のことに驚いて顔を背けようとするが、離れても彼はすぐに追いかけてきて口を塞いでくる。

このままでは、また犯されてしまう……。

昨夜のことが頭に浮かんで、リゼは慌てて彼の腕から逃れようとした。

——コン、コン。

そのとき、部屋にノックの音が響く。

びくりと肩を揺らすと、摑まれた手に一瞬だけ力が入った。

しかし、ロキは唇を離そうとしない。

人が入ってくるかもしれない状況なのに、強引にリゼの口を押し開いて舌を差し入れようとしていた。

「――あの…、リゼさま……？　どうかされましたか？　大きな声が聞こえたので何かあったのかと……」

程なくして、扉の向こうから女性の声がした。

侍女のマーサだ。

二人とも、声を荒らげていたから部屋の外まで聞こえていたようだ。

ロキはそこでようやくリゼの唇を解放し、ため息をつく。

「……ここまでか」

「……あっ」

けれど、彼の息が口元にかかって思わず声が出てしまった。

リゼはぱっと自分の口を押さえる。

どうしてこんなときに変な声を出してしまうのだ。

ロキは動揺するリゼをじっと見つめていたが、名残惜しそうにその手をなぞると、渋々といった様子で扉に向かった。

「マーサ、心配させてすまない。ちょっと言い合いになってしまったんだ」

「あ…、ロキ…さま。そう…、だったのですね」

「少し頭を冷やしてくるよ」

「は、はい……」

なんという切り替えの早さだろう。

ほんの数秒前までリゼに口づけていたとは思えぬほど、ロキの声は穏やかだった。

彼は事情を説明すると、いつもと変わらぬ様子で部屋を出て行く。

そんなロキの後ろ姿をマーサはしばし目で追いかけていたが、ややあって扉を閉めるとリゼのほうへやってくる。彼女は壁に背中をつけた状態で固まっていたリゼの前で立ち止まると、強ばった顔を浮かべながら乱れた胸元のレースを直してくれた。

「本当に…、喧嘩をしていただけなの……」

「……そうですか」

「そんなに大きな声を出していたとは思わなくて……」

「いえ、私も偶然聞いただけですから……。昼食の準備が整ったので、リゼさまを呼びに来たんです。そうしたら、争っているような声がして……」

「そうだったの……。で、でも…、心配するようなことは何もないから……」

「……」

「本当よ？」

マーサは強ばった顔のまま頷いてもくれない。

胸元のレースの乱れはとうに直ったのに、それでもまだ整えてくれていた。

「あ…、昼食だったわね。早く食堂に行かなくちゃ……」

僅かな沈黙すら堪えられず、リゼは取り繕うように笑った。

すると、もの言いたげな眼差しを向けられ、ぎくりとする。リゼは慌ててマーサに背を向けると、急いで部屋を出て行こうとした。

「リゼさま…っ！」

「……ッ」

だが、それを引き留めるように声をかけられる。

思わず足を止めると、マーサと目が合った。

「今朝の…、胸元の赤い痕は……」

彼女は躊躇いがちに言葉を繋げた。

しかし、最後まで言えずに途中で口を閉ざしてしまう。

おそらく彼女は、着替えのときに見た胸元の鬱血について聞きたいのだろう。

心配そうな声音に胸が痛むのを感じ、リゼはぐっと唇を噛みしめると、深呼吸をしてから笑顔で振り返った。

「虫に刺されたのよ。朝も言ったでしょ？」

「……そ…う…、ですか……」

やはり彼女は何かを察しているのだろう。

リゼの笑顔に、マーサはなんとも言えない複雑な顔をしていた。

本当は縋り付きたくて仕方なかったが、無関係の者を巻き込むわけにはいかない。それ以上聞けなくなった彼女を見て、リゼは振り切るように部屋をあとにした。

たとえ気づかれていても、あんなことは口が裂けても言えない。

頭の中に昨晩の情事が浮かんできて、リゼはそれを必死で打ち消した。

――ロキは、私のどこが気に入ったというの……？

彼と出会った四年前のことを思い出すが、よくわからない。

教会の壁に落書きをする彼に注意しただけで、特別気に入られるようなことをした覚えはなかった。

考えれば考えるほど、ロキがわからなくなっていく。

食堂に行けば、また彼と会わなければならないと考えただけで震えそうになる。

リゼは何度も立ち止まっては重い足取りで歩き出し、やっとのことで食堂に足を踏み入れた。

ところが、そこに彼の姿はなかった。

「なんだか忙しいみたいで、ロキは自分の部屋で食事をとるんですって」

怪訝に思いながら席に着くと、先に来ていた母からそう聞かされた。

あんなことをしたあとでは、さすがに彼も気まずかったのだろうか。

――そんなに繊細なわけないわ。

気まずいというなら、朝食のときのほうがよほどそうだったろう。昨夜リゼを犯しておきながら、今朝は平然と食堂に顔を見せたのだ。

事情はわからないが、ロキは母の言ったとおり、自分たちが食事を終えても食堂に姿を見せなかった。

たぶん、一気に疲れが出てしまったのだろう。

リゼは自室に戻ると、力が抜けるのを感じながらふらふらとベッドに向かい、倒れるように横になった。

昨夜はなかなかロキが放してくれなかったから、ほとんど寝ていない。

夕食の時間にはマーサが呼びに来たのだろうが、それにも気づかぬまま昏々と眠りに落ちてしまっていた——。

❀ ❀ ❀

その日の夜。

屋敷の灯りが消え、皆が寝静まった頃だった。

リゼは昼過ぎから眠り続け、起きる気配もない。

静まり返った部屋には、規則正しい呼吸音が小さく響くだけだ。

「——…あ…、……ん」

しかし、日付が変わる少し前になると、リゼの部屋からは時折、密やかな声が漏れ始める。

廊下にはとうに人の気配はなく、耳をそばだてる者もいない。

「……んぅ…う……」

甘い喘ぎ声。

求めるような媚《こ》びた声。

深い眠りの底にいるリゼには、それが誰のものかがわからない。

けれど声が聞こえ始めると全身が蕩けるように熱くなってきて、その快感ですぐに何もわからなくなってしまうのだ。

「……ン…、は…ぁ……」

身体中に触れる熱い手の感触。

その大きな手で頬を撫でられ、乳房を揉みしだかれる。

胸の突起を指で弄ばれながら、熱く濡れた何かが腰のくびれをねっとりと這い、やがてリゼの中心へと辿りつく。

「あぁ…、あ……ッ」

敏感な芽を刺激されると、さらに声は甘くなった。

その動きを繰り返されるうちに淫らな水音が響き出して、蜜の溢れる中心に何かを入れられた。器用に動く関節を感じることから、それが指だとわかる。

はじめは探るように指はリゼの内壁をゆっくりと刺激していたが、徐々に動きが速くなって弱い場所ばかりを執拗に擦り出す。

すると、お腹の奥が切なくなってきて、リゼは堪らず腰をくねらせた。

「は……ぅ……ッ」

そういえば、この頃はこんな夢をよく見ていた気がする。

最近は、特に頻繁に見ている気もした。

いつからこんな夢を見るようになったのだろう。

思い出そうとしたが、唇を塞がれた途端、思考まで止まってしまう。搦め捕ってくる舌に応えるようにリゼも舌を突き出すと、中心をいたぶる指をきつく締め付けた。

「あぁ……、や……ッ」

けれど、なぜかそれが突然抜かれてリゼは思わず声を上げる。

まだ達していないのにあんまりだと泣きそうになった。

「……リゼ…」

その直後、微かに笑いを含んだ声で呼ばれ、首筋に息がかかった。

なんて色気のある低い声だろう。

声は何度も『リゼ』と囁き、宥めるように口づけてきた。程なくして、大きな熱の塊をリゼの中心に押し当て、彼は切なげに息をつく。

「……あ…ン」

その先端で蕩けきったひだを何度も擦られ、くちゅくちゅと淫らな音が耳を刺激した。

このまま、達してしまいたい……。

あまりの気持ちよさに、リゼはうっとりとしてしまう。

ところが、快楽に身を投じていたそのとき、熱い先端がぐっと中心を押し開いてきた。

どうしてそんなことをするの？

困惑している間も、その熱はどんどん入口を押し開いてきて、強引に奥へと進もうとする。

「ん…っは、……だめ……」

これでは中に入ってしまう。

リゼは苦しくなって肩で息をし始めた。

眉根を寄せて身を捩るが、逃すまいとするようにぐっと腰を引き寄せられる。なすすべもなく一気に最奥まで貫かれてしまった。

「ああ…ッ、ロキ……ッ！」

リゼは喉を反らして嬌声を上げた。

——え？　ロキ…？

その瞬間、リゼは驚いて肩をびくつかせた。

なぜここで彼が出てくるのかわからない。

混乱の渦の中で徐々に深い眠りの底から引き戻されていく。小さく瞼を震わせると、リゼはゆっくり目を開けた。

「――……ッ!?」

暗闇の中、のしかかる黒い影。

ぼんやりと見える男の裸体。

いきなり目に飛び込んできたその光景に、リゼは声も上げられないほど驚嘆して固まった。


――どういう……こと……？

目覚めたつもりでいたが、まだ夢を見ているのだろうか。

リゼは激しく混乱して状況を呑み込めない。

しかし、少しずつ目が暗闇に慣れてきて、その男の顔が徐々に明らかになっていく。

闇に溶け込む漆黒の髪。

その黒髪は白い頬にかかり、乱れた息と共に微かに揺れている。

形のいい眉、高い鼻梁《びりょう》。

人形のように整った顔立ちから覗く鋭い眼差しが、リゼを射貫いていた。

「さすがにここまですれば起きるか」

「……ロ……キ？」

慣れてきた目に映し出されたのは、笑みを浮かべるロキだった。

リゼは呆然と彼を見上げ、彫刻のような裸体に息を震わせる。

——なぜのしかかられているの……？

自分に起こっていることを理解できずにいると、ロキは小さく笑ってゆらゆらと腰を前後させた。

「あぁ…ッ!?」

すると、お腹の奥が擦られて、ぐちゅっと淫らな音が響く。

その強い刺激にリゼは堪らず背を反らした。

しかもその際、直接肌に空気が触れたような気がして眉を寄せる。まさかと思いながらも自身の肩や胸に触れてみると、どういうわけか何も身につけていない。

——私、どうして裸なの……？

リゼは愕然とした。

どうして自分まで生まれたままの姿でいるのかわからない。

「あ、あぁっ」

けれど、リゼの混乱をよそに、ロキは勢いよく腰を揺らし始めた。

彼が動くたびに熱く猛った熱塊で内壁を擦り上げられ、二人が繋がった場所からは淫猥な音が絶え間なく響く。

リゼの両脚は大きく開脚させられ、彼はふくらはぎに舌を這わせて笑みを零した。

その笑みでリゼは彼に貫かれていることにようやく気づき、震える手でシーツを握りしめて身を捩った。

「や…ぁ…ッ」

全身を這う大きな手の感触。

熱く濡れたもので敏感な芽を刺激され、中心を指でかき回された感触。

先ほどまでの夢が、否応なしにリゼを追い詰める。ここ最近、繰り返し見ていたあの夢が、今は生々しいほど鮮明に頭に浮かんでいた。

「これまでも……、こんなことをしていたの……?」

あれはロキの手だったのだろうか。

ロキの舌だったのだろうか……。

蜜で濡れた中心から響くこの卑猥な音色さえ、これまで何度も聞いていたように思えてくる。

考えてみると、淫らな夢を見るようになったのは彼がこの屋敷に来てからだった。

「……ははっ」

だが、ロキは何も答えようとしない。

息を乱す彼の薄い唇は、乾いた笑みを漏らすだけだった。

「答えて…。答えてロキ……ッ」

リゼは涙を浮かべて声を震わせた。

黙っていないでなんとか言ってほしい。早く否定してくれないと、嫌な考えに囚われておかしくなりそうだ。

「最後までしたのは、昨夜がはじめてだ」

「——ッ!?」

「だが、夢の中の相手が俺だと、おまえにはわかっていたはずだ。果てるときは、いつも必ず俺の名を呼んでいた」

「え……」

耳を疑うような言葉にリゼは眉をひそめる。

『ああ…ッ、ロキ……ッ!』

だがその直後、先ほどの目覚める間際のことが脳裏を過った。

全身を愛撫され、リゼは夢の中で快感に身悶えていた。

何をされても気持ちがよくて、なんの疑問もなくただ身を任せていた。

——どうして……?

その黒い影に貫かれたとき、確かに自分は彼の名を口にした。

夢の中の黒い影が誰なのか、本当はわかっていたのだろうか。

そのうえで彼の名を呼んだのだろうか。

「嘘よ…ッ!」

違う。そんなわけがない。

さっきのは何かの間違いだ。

リゼは広い胸板に両手をついてもがき、この重い拘束から逃れようとした。

「やッ、いや……っ、あぁあ……ッ」

けれど、逃げようとすればするほど抽送は激しくなっていく。

それが苦痛を伴うものならまだよかった。

あろうことか、リゼは彼が奥を突くごとに恥ずかしい声を上げていた。

この状況で快感に悶える自分を強く軽蔑するが、そんなことで快感から逃れられるわけもない。弱い場所ばかりを擦られて、声を抑えることすらできなかった。

「リゼ、俺はこれから、毎夜おまえを抱きに行く……ッ」

「あっあぁ…ッ」

「誰の下で喘いでいるのか、夜ごと心と身体に刻んでやる。おまえは俺の女だ。おまえを女にしたのは、この俺だと……ッ!」

「ひぅ、あぁあ――…ッ!」

狂おしいほど淫らな律動に、リゼは悲鳴に似た嬌声を上げた。

胸板に押し当てた手はいつの間にかロキに摑まれ、手のひらをべろりと舐められると、今度はベッドに縫い付けるように組み敷かれた。

自然と顔が近づき、燃えるような眼差しに射貫かれて心臓が跳ねる。

目が逸らせない。

彼はまるで獰猛な獣のようだった。

「ン、ンぅ…ッ、んっ、く…ッ」

　ロキはさらに律動を速めると、かぶりつくように唇を塞いでくる。

　逃げる間もなく舌を搦め捕られて、まともに呼吸もできない。

　どちらのものとも知れない唾液が喉の奥に溜まって咽せそうになる。それをなんとか飲み込むのが精一杯で抗議の声も上げられない。

「リゼ…、……リゼ……っ」

　ロキは時折唇を離してリゼの名を切なげに呼んだが、すぐに塞がれてしまうから苦しいままだった。

　だが、その息苦しささえ、徐々に快感へと塗り替えられていく。

　搦め捕ったリゼの舌を彼は執拗なまでに求め、互いの舌を擦り合わせながら、隙間なく繋がる下肢と同じだけ淫らな音を響かせる。

　彼に触れられているすべての場所が熱くて堪らない。

　リゼは頭の中が真っ白になっていく感覚を覚え、貪るような口づけをただ受け止めていた。

「ん…、んっ、……ッ、んんっ、あ、あぁ……っ」

　やがて内股がぶるぶると震え出し、絶頂の予感に身悶える。

　なんとか気を逸らそうとしたが、どうすることもできない。

　強く掻き抱かれ、小刻みに身体を揺さぶられると、その激しい突き上げで一層追い詰められていった。

「リゼ…、もっとおまえの奥に行きたい……ッ」

「ひんっ、あっあっ、あっ、あぁぁ…ッ！」

ロキは無我夢中で腰を振りたくり、快感を追っていた。

感情をぶつけるような激しさに苦しくなってリゼは眉根を寄せたが、それさえすぐに快感へとすり替わり、限界へと追い立てられていく。

そのうちに内壁が収縮し始め、自然とつま先に力が入る。

次第に自分の意志ではどうにもできなくなると、お腹の奥が切なくなって無意識にロキに腰を押しつけてしまう。そうすると余計に快感が募って、さらに限界へと近づくのを感じた。

「あ…ぁ、あぁ、あ、だめ、だめ……ッ」

「リゼ…ッ！」

それは彼も同じであるようで、息を荒らげて内壁の敏感な場所ばかりを擦られる。

ロキの乱れた息づかいを耳元で感じながら、リゼは一気に高みへと上り詰めていく。

淫らな腰づかいにリゼは喉をひくつかせ、がくがくと身を震わせると、なすすべもなく絶頂の波に攫われた。

「ああっ、ああぁあ——…ッ！」

「——…っく」

その刺激に、ロキは苦しげに呻きを上げる。

リゼが達してもなお、彼は激しい抽送を繰り返していたが、程なくして内壁が断続的に蠢き出し、息を震わせながら抱き締める腕に力を込める。彼は燃えるような眼差しでリゼの首筋に唇を押しつけ、最奥に自身を留めた状態で執拗に腰を突き上げた。

「あっ、あっ、あ…、あ……ぁ……」

ひと突きごとにリゼの身体は大きく跳ね、そのたびにか細い声が部屋に響く。

絶頂の余韻で内壁が収縮を繰り返し、やがて掠れた呻きと共に最奥で熱が弾ける。欲望を放ったことで、その動きは少しずつ緩慢なものになっていった。

「……っは」

ややあってロキは完全に動きを止めると、目を閉じて深い息を漏らす。

その気だるげな吐息で、彼も絶頂に達したことがリゼにもなんとなく伝わった。

けれど、彼と自分とではかなりの体力差があるようだ。

ロキのほうはすぐに息が整ったようなのに、リゼはまだ動けそうにない。

苦しげに肩で息をするリゼの様子に目を細めると、彼は頬や瞼、唇、顔中にキスの雨を降らせてから耳たぶを甘噛みした。

「あ…ん……」

「リゼ…、結婚式は一か月後だ」

やがてロキは、リゼの耳元でそっと囁く。

「父上と母上には、夕食のときに話しておいた。あまり日が無いからびっくりしていたけど、すごく喜んでいたよ」

そう言ってリゼと目を合わせ、彼は嬉しそうに笑った。

だが、リゼはパチパチと目を瞬かせて首を傾げる。

「……え…？」

ぽかんとロキを見上げているとまた口づけられたが、彼がなんの話をしているのか、すぐにはわからなかった。

――結婚式って……。

しかし、一拍置いてその言葉が頭に届くと、リゼはみるみる青ざめていく。

ロキがラルフを王宮に遣わしたのは、自分との結婚を伝えるためだとは知っていたが、こんな大事なことを勝手に決められてしまうだなんて想像できるわけがない。

人の気持ちを何一つ確かめることなく、ロキは自分との結婚を強行しようとしている。

そのことに、リゼは血の気が引いていくのを感じた。

「リゼは何も心配しなくていい。結婚しても、俺たちはこの屋敷で暮らしていく。この生活は何も変わらない」

「……え」

「リゼは俺の妻になって、一生こうやって過ごしていればいいんだ」

ロキはリゼを抱き締め、首筋に唇を寄せた。

するとと、彼の息がかかって、途端にびくびくと身体が波打った。

「ン…ッ」

そんな場合じゃないのに、熱い舌先で胸の蕾を軽く刺激されただけでリゼは小さく喘いでしまう。

「リゼ、これでおまえは完全に俺のものだ」

「あ…、っく」

やがて、胸にちくっとした痛みを感じてリゼは息を詰める。

また赤い痕をつけられてしまった。

これでは明日の朝もマーサに変な顔をされてしまうと思い、リゼは涙を浮かべて懇願した。

「お願い…、身体に痕はつけないで…ッ。マーサが気づいているかもしれないの……っ」

「そんなこと、気にしなくていい。どのみち、明日には俺たちのことが屋敷中に知れ渡るんだ」

「そんな…ッ、……あっ、なにっ⁉」

なおも声を上げようとしたそのときだった。

不意にロキが自分の中で動き、先端で奥を突かれる。

リゼは肩をびくつかせて彼を見上げた。

いつの間にか、力が戻っている……。

まさかと思って慌てて身を捩ったが、彼は小さな抵抗すら許してくれない。嫌がる言葉は口づけですべて封じられ、ロキはリゼをきつく抱き締めると、首筋に痕をつけながらいきなり律動を再開した。

「……あんなもので、足りるわけないだろう？」

ロキは不敵に笑ってゆっくりと身を起こす。

腰を前後させながら細い脚を持ち上げると、熱い舌を内股に這わせる。その刺激に身体を波打たせたリゼを横目に、彼は陰核を指先でそっと擦って強引に快感を引き出そうとしてきた。

「あ、ぁ…ッ、……ッ、あぁ……ッ」

もう感じたくない。

これ以上淫らな自分を知りたくない。

そう思うのに、どうしてもロキの与える快感に逆らえない。

ほんの少しの愛撫にさえ快感が募って、形ばかりの抵抗にしかならなかった。

「いや…、いや…っ、あ……、あぁあ…っ！」

なんて浅ましい身体……。

なんて媚びた声……。

自身を激しく軽蔑しながらも、律動のたびに中心から蜜が溢れてふしだらな音が部屋に響いていた。

まるで心と身体がばらばらになってしまったようだ。
リゼはぼろぼろと涙を零し、唇を噛みしめる。
やがて完全に抵抗を諦めると、その夜も彼が放してくれるまで喘ぎ続けた――。

第五章

——三週間後。

その日もロキはいつもと変わらぬ一日を送り、夕食のひとときを家族で過ごしたあとは、自室に戻ってラルフの淹れた紅茶を愉しんでいた。

ロキはソファにゆったりと腰かけ、ふと柱時計に目を移した。

時計の針は、夜の八時半を回ったところだ。

まばらではあるが、仕事中の使用人を見かける時間でもあった。

「……まだ少し早すぎるか」

ロキはぽつりと呟き、ため息をついてソファに背中を預けた。

一応結婚前だからと人目を忍んで逢瀬を重ねてきたから、堂々とリゼを抱きに行けないのがもどかしい。

しかし、それもあと少しの辛抱だ。

自分たちは、一週間後に結婚式を挙げる。

ようやく彼女のすべてを自分のものにできると思うと待ち遠しくて仕方なかったが、ここに至るまでの年月を考えれば、どうということもなかった。

――はじめは、これほど時間をかけるつもりはなかった……。

本当は、もっと早く彼女と結婚するつもりだった。

弟を演じるのも半年程度のことだと思っていたのに、と、あ、る、問、題によって、そうはいかなくなってしまったのだ。

今となっては、四年という年月が長かったのか短かったのか、よくわからない。

けれど、この場所は王宮より遙かに居心地がよかったから、不満に思うことはほとんどなかった。

ヘンドリック家に迎え入れられた当初は、ミハエルやシェリーからはどこか怯《おび》えた様子が見て取れたが、四年が経った今ではリゼに対するものと同じような愛情を自分にも傾けている。リゼとの結婚を報告したときも、特に異を唱えることなく笑顔で祝福してくれた。

また、ここは使用人の質も高い。

ロキの素性やリゼとの結婚を知らされた直後は多少の動揺が見られたものの、数日も経てば落ち着きを取り戻し、今は結婚式の準備に追われている。彼らはロキが王子だと知っても媚びへつらうことがなかった。そういったところも、居心地がいいと思える理由の一つだったのかもしれない。

――問題はリゼだ。

ロキは眉間に皺を寄せ、残りの紅茶を一気に飲み干す。

この結婚に障害になるものなど何一つないはずだ。

ロキの本当の両親である国王や王妃でさえ、とうの昔に受け入れている。九人の兄たちからもそれぞれ祝いの品が届けられ、自分たちの結婚を祝福してくれた。

にもかかわらず、リゼはまったく喜ぶ様子がない。

誰から祝福を受けても、なぜか哀しそうな顔をするのだ。

その美しい身体を愛でているときでさえ哀しげにロキを見つめ、快感に喘ぎながらも最後には必ず泣いていた。

「ロキさま、紅茶のおかわりはいかがですか？」

「……あぁ」

空になったカップに気づき、ラルフがすかさず問いかけてくる。

小さく頷くと、彼は無駄のない動作でティーポットに湯を注いでいく。僅かに時間を置くと、受け取ったカップに紅茶を注いでロキの前に素早く置いた。

――まるで執事だな…。

ロキは密かに笑みを零して、紅茶を口に含む。

ラルフは、自分が生まれたときから傍で仕えている従者だ。

年齢は三十歳前後だと記憶しているが、正しくは覚えていない。

本来は護衛を主な役目としていたが、ヘンドリック家で彼の剣の腕が必要になることはなかったために、ロキの身の回りの世話ばかりしてきた。

リゼとの関係も、彼はそれとなく気づいているはずだ。

この四年間、眠る彼女と夜を過ごすときは、必ずラルフを部屋の前で見張らせていたからだ。

「ラルフ」

「はい」

「おまえ、俺とリゼが毎晩何をしているのか、わかっているんだろう？」

「……えっ」

「別に咎めているわけではないから正直に答えてみろ」

「……、……は…、はい。……な、なんとなく……、承知しております……」

突然の問いかけに、ラルフは戸惑いぎみに頷く。

そういえば、この手のことを彼と話すのははじめてかもしれない。

ロキは脚を組んで考えを巡らせると、ソファの肘掛けに頬杖をつき、さらにラルフに問いかけた。

「ならば聞くが、おまえは俺のしてきたことをどう思う？」

「……どう…というのは……」

「リゼにしてきたあの行為は、そんなに酷いことだったのか……？　彼女との結婚まで四年もかかったというのに、俺は触れることさえ我慢しなければならなかったのか……？」

ため息交じりに言うと、ロキはぐしゃっと髪を搔き上げる。

頭にちらつくのはリゼの泣き顔だ。

その理由がロキにはよくわからない。

眠る彼女に勝手に触れていたのがいけなかったのだろうか。

他の女で性欲を解消していたわけでもないのに、一体何が問題だというのだ。どのみち結婚すれば、性器を擦り合わせる以上のことも当たり前にするはずだ。

ほとんど自問自答のようなもので、実際は他人に答えを求めたわけではなかったから曖昧な問いかけにしかならなかったが、ラルフは神妙な顔でしばし押し黙ったあと、不思議そうに答えた。

「あ、あの…、私には、複雑な事情はよくわかりません。ですが、ロキさまのなさることに間違いはないと信じておりますので……」

「それは…、本心から言っているのか？」

「はい、左様でございます」

ラルフはなんの躊躇いもなく頷く。

特に嘘をついている目ではない。

しかし、考えてみれば、ラルフはロキのすることなら黒でも白と認識するような下僕だった。それ以外の答えを出すわけもなく、聞くだけ無駄だったのかもしれない。

――本当に何が問題なんだ……？

イザークと別れたときの心の傷なら、とうに癒えただろう。

あれから四年も経ったのに何が問題だというのだ。

それとも、俺と結婚することが、泣くほど嫌だとでもいうのか？

「……そんなわけがあるか」

ロキは浅く笑い、紅茶のカップに手を伸ばす。

俺はこの国の王子だ。

誰もが自分を特別に扱った。

九人の兄たちも同じだ。

周辺国との関係も良好で平和な国の王子として育ったからか、皆、のんびりとしていて争いごとを好まない。性格はそれぞれだったが、末の弟のロキをどの兄弟よりもかわいがった。

国王の父と王妃の母もそうだ。

他の兄たちには許さないことでも、ロキが望めば喜んで叶えようとする。誰が見ても愛情のかけ方は平等ではなかったが、それに異を唱える者はいなかった。

なんて簡単な世の中だろう。

少し甘えてやると、皆、目尻を下げて喜んだ。

笑みを浮かべるだけで、望んだ以上のものを与えようとする。

望むものはなんでも手に入ったから、気づいたときには、ほしいものが一つしかなくなっていた。

――そういえば、あのときと今は少し似ているな……。

ロキは唇を引き結び、カップを摑む手に力を込める。

今思い出しても腹が立つが、ロキは一度だけ挫折を味わったことがあった。

いくら切望しても手に入らないものがあることを、一番上の兄の結婚が決まったときに思い知らされたのだ。

――俺は、この国の王にはなれない。

争いを避けるためなのか、長子が王位を継ぐのがこの国の決まりだ。

これまでのような簡単な望みでないことは、さすがに理解できた。

だが、どう考えても十番目に生まれた自分にはその役目が回ってきそうもない。ならば強引に奪い取るしかないだろうが、さすがに兄たちも黙っていないはずだ。己の命が危うくなる可能性もあり、自分の行動で国が混乱することまでは望んでいない。

だから、ほしいと思った瞬間には、望みが潰えたようなものだった。

心からほしいと願うものに限って手に入らない。

一番に生まれなかったばかりに、王位を逃してしまった。

その頃の自分はまだ十二歳になったばかりの子供で、一番上の兄は隣国の姫を妻として迎えることになり、次期王としての地盤を着々と固めようとしていた。

指をくわえて見ているしかない現実に、苛立ちは日々募っていく。

兄が結婚したあの日も、ロキは教会の壁を汚すことで鬱憤を晴らそうとしていた。

その場を通りかかった者は何人もいたが、咎める者はいなかった。

結婚式に招待された者の中には普段から王宮に出入りしている貴族もいたはずだ。落書きをしているのが末の王子だと気づいて、彼らは見て見ぬふりをしていたのかもしれない。

『ちょっとあなた、何してるの!?』

しかし、リゼは違っていた。

突然、人の腕を摑んで説教をはじめたおかしな女。

あの場には貴族から王族までさまざまな家柄の出席者がいたというのに、彼女はそんなことはお構いなしに声をかけてきたようだった。

この壁は落書きをしていい場所ではない、ここは王家の寄付によって建てられた教会で、多くの人に大切にされてきたのだと諭し、最後にはロキに反省まで促してきた。

自分に説教してくる者など、はじめてだったからだろうか。

不思議と怒りは湧かなかった。

そのかわり、おかしくて仕方なかった。

王家の一員である自分に何を諭すというのか。なんて大げさな女だと肩を震わせて笑いを堪えていると、彼女はロキを泣かせてしまったと思ったようで、慌てているのが伝わってさらにおかしくなった。

こんな無鉄砲で単純な人間は見たことがない。

気づけば王になれないことへの苛立ちなどどうでもよくなり、ロキは彼女に興味が湧いてきた。

別に反省などしていなかったが、『もう落書きはしない』と言ってチョークを渡すと、嬉しそうに笑って素直に喜んでいるのが見て取れた。

名を尋ねると、『リゼ』と答え、侯爵家の娘だと続けた。

おしとやかになれるように努力していると言っていたが、いきなり人の腕を掴んで説教をはじめるなど行動が伴っていないあたり、まだまだ道半ばなのだろう。それでも、リゼの言動からは自身の行いを恥じている様子がはっきりと伝わってきて、これほどわかりやすい者も珍しいと不思議な感動を覚えた。

リゼが嘘をついたり、人に媚びるような者ではないとわかったからだろうか。

いつの間にか、ロキは自身の中で燻っていた憤りを吐露していた。

『今日は朝から苛々していた。とてもじっとしていられなかった。退屈で仕方なかったんだ』

もちろん、事情を知らない者にわかる内容ではない。

今思うと、結婚式が退屈だったから落書きをしたと捉えられても仕方のない内容だったが、あのときは誰でもいいから聞いてほしかったのかもしれない。

それでも、彼女は自分なりに理解を示そうとしている様子で、それが伝わった途端、ロキの心は少しだけ軽くなっていた。

それから間もなく、自分を捜すラルフの声をきっかけに、リゼとはそこで別れることになった。途中、思い出したように名を聞かれたが、なんとなく彼女とは対等なままでいたいと思い、ロキは結局名乗ることなくその場をあとにした。

本当に、おかしな女だった。

何度も思い出しては、ロキは一人で笑っていた。

すぐに忘れるだろうと思ったのに、なぜかリゼのことが頭から離れない。

彼女は今、どうしているだろう。

同じように今日のことを思い出しているだろうか。

もう一度、会うことはできないだろうか……。

自分にわかるのは、彼女がリゼという名で、侯爵家の娘だということだけだ。

だからその夜、ロキは彼女のことをそれとなく父から聞き出そうとした。

しかし、一貴族の娘について父が知っているわけもない。問いかけても父は首を捻るばかりだったが、傍で話を聞いていた父の側近がヘンドリック家の娘ではないかと答え、彼女には婚約者がいてもうじき結婚する噂があると言われた。

あの瞬間、湧き上がった感情はなんだったのだろうか。

気づいたときには、ロキは彼女と結婚したいと言っていた。

当然ながら、父ははじめは冗談だと思ったようだ。まだ十二歳で、女の経験もないような息子が突然そんなことを言い出したのだから無理もない。

だが、いくら諭されてもロキはまったく引き下がろうとしない。次第に本気で言っていると理解したようだが、そのときの父は珍しく渋る様子を見せた。

どうしていつものように、簡単にいかないのか。

リゼがほしい。どうしても手に入れたい。

あんな女、どこを探してもいない。

ロキは激しい苛立ちを感じながら、その場で思いついたことを父にそっと囁いた。

『ヘンドリック家は、古くから国の発展に寄与し、重要な土地を治めてきたと聞きます。中途半端に他国の姫君と結婚するよりも、よほど有意義だとは思いませんか？　俺が侯爵家を継いだあとは、その力で父上を陰から支えると約束します。いずれは王となる兄上の力にも、必ずやなれるはずです……』

父は、その囁きに息を呑んでいた。

間近で微笑を浮かべると、瞬く間に父の心がぐらつくのが見て取れる。僅かな躊躇いは見え隠れしているが、ロキの話す未来を天秤にかけているのだろう。

『父上、俺を信じてくださいますね？』

最後の一押しとばかりにロキはまっすぐ父を見つめた。

途端に、父は喜びをあらわにしてロキを強く抱き締める。おまえのためならなんでもしてやろうと言って、むせび泣いていた。

リゼの婚約が破談になったと聞いたのは、それから一か月後のことだ。

すぐにでも彼女に会いたい。

リゼは俺のものだ。

ロキは居ても立ってても居られなくなり、寂しがる両親や兄たちを宥めながら、半ば強引にヘンドリック家に入ったのだった。


「——懐かしい話だな……」

「ロキさま？」

「……いや…、なんでもない」

「左様でございますか」

ロキはしばし物思いに耽っていたが、ラルフに話しかけられて我に返る。

柱時計に目をやると、いつの間にか九時近くになっていた。

もう充分だろうと思い、ロキは立ち上がる。

「あ…、ラルフ。そういえば、この前頼んだものは用意できたか？」

「はい、ちょうど今日届いたところです」

「なら持ってきてくれ。これからリゼの部屋に行く」

「承知しました」

部屋を出る間際に、ロキはふとあることを思い出した。

ラルフに頼むと、彼は心得た様子で素早く奥の部屋へ向かい、ベルベットのケースを持って戻って来た。

渡されたケースを開けて、ロキは満足げに笑みを浮かべる。

エメラルドの輝きが美しい指輪だった。

この前は首飾りを贈ったが、リゼは気に入ってくれなかった。

自分なりに考えて選んだつもりだったが、きっと色が気に入らなかったのだと思って、今度は彼女の瞳と同じ色の宝石にしてみたのだ。

「リゼに会いに行ってくる」

「行ってらっしゃいませ」

これなら、リゼも喜ぶに違いない。

ロキはケースから指輪を取り出して懐にしまうと、部屋を出た。

一応結婚前だからと人目を忍んで皆が寝静まった頃を見計らってはいるが、今はラルフに部屋の外で見張らせるようなことはしていない。たとえ誰かに見られたところで、この行為を咎める者はいないはずだ。

人気のなくなった薄暗い廊下。

月を眺めながら、ロキはリゼの部屋へと向かう。

　涙を零す彼女が頭に浮かび、一瞬表情を曇らせたが、今日こそは笑ってくれるはずだと胸元に手を当て、程なく到着した彼女の部屋の扉を開けた。

「リゼ」

　部屋は灯り一つついていなかったが、ロキは迷うことなくベッドに向かう。

　天蓋の布を手で除けると、リゼは背を向けてベッドに横になっていた。

　声をかけた瞬間、ぴくっと肩を揺らして微かに呼吸が乱れたから、眠っているわけではないようだ。

「リゼ、寝ているのか？」

　起きていると知りながら、ロキは彼女の耳元でそっと囁く。

　上着を脱ぎ、シャツのボタンを外しながらベッドに乗り上げると、彼女は僅かに身を固くする。それを確認してからロキはシャツを脱ぎ去り、半裸になってその背中に指先で触れた。

「……リゼ？」

「……っ」

　ロキは後ろからリゼを抱えるように横になった。

　彼女の腰に手を回し、なだらかな肩に口づける。

　後ろから顔を覗き込むと、固く閉じられた瞼が小さく震えていた。

　もしかして、寝たふりをしているつもりなのだろうか。

こんなかわいい抵抗をされると、余計に嗜虐心《しぎゃくしん》がそそられるのに、それが彼女にはわからないようだ。

無防備で隙だらけなところは、四年前から少しも変わらない。

リゼは一度寝ると朝まで起きないから、何度も夜中に忍び込んではその身体に自分の感触を刻み込んだ。

はじめの頃は『イザークさま』などと他の男の名を口にしていたが、繰り返し自分の名を囁いているうちに、彼女はいつしか『ロキ』と呼ぶようになった。

――あのとき、無理やりでもイザークとの仲を引き裂いておいてよかった。

ロキは心底そう思いながら、くすくすと笑う。

リゼと過ごしたこの四年間は本当に楽しかった。

卑怯者と罵られようが構うものか。

俺の何が悪い。

他に何ができた？

無理やり引き裂かなければ、リゼを自分のものにはできなかった。

だから、絶対に手放さない。

もう二度と、ほしいものは諦めないと決めている。

「リゼ、おまえは俺のものだ」

「……んッ」

ネグリジェの上から柔らかな胸をまさぐると、彼女はびくんと肩を揺らして微かな喘ぎを漏らす。

だがすぐさまハッとした様子で片手で口を押さえると、それ以上は声を漏らさぬように我慢している。

儚い抵抗にロキは思わず笑みを零した。

ネグリジェの裾から手を忍ばせて直接膨らみを揉みしだけば、リゼは息を震わせる。脇腹とシーツの間から反対の手も前に回し、両手で円を描くように揉むと、ますます彼女の息は乱れていった。

「……ッ、ふ、…、っく……」

堪らない声だ。

もっと声を聞きたくなって、ロキはすかさず彼女の下肢に手を伸ばした。

性急な仕草でドロワーズの腰紐を探し当て、素早く蝶々結びを解いていく。紐が解けると、裾を引っ張って強引に引きずり下ろした。

「あ…っ」

リゼが鋭く息を呑む。

いきなり下着を脱がされるとは思わなかったのだろう。彼女は慌てた様子で両脚を閉じようとしていたが、ロキはそれより早く太股の間に右手を差し込み、後ろから膝をねじ込んだ。

こうしてしまえば、閉じることはできない。

ロキは柔らかな秘肉の感触を手のひらで確かめながら、指の腹で陰核を優しく擦り上げる。びくびくと悶える様子をひとしきり愉しんだあとは、乳房を掴んだ状態で動きを止めていた左手で乳首を転がしてやった。

「……ンッ、ん……う、……んっ」

彼女の身体は途端に熱を帯びていく。

それでもリゼは頑なに寝たふりを続け、声を我慢していた。

そのいじらしい背中にぴったりと身体をくっつけると、彼女の中心を指先で刺激してやる。そこはすでに蜜が溢れ出していて、ひだを擦るたびにくちゅくちゅと淫らな水音が響いていた。

その音を恥ずかしく思ってか、リゼの身体はさらに熱くなった。

にもかかわらず、まだ声を押し殺そうとするから、ロキはじれったくなって濡れそぼった中心に指を二本突き立ててやった。

「んん…ッ」

そのまま第二関節まで差し込み、中でばらばらに動かす。

すると、リゼはガクガクと身を震わせて指をきつく締め付けてくる。

その淫らな動きが、彼女と身体を繋げたときの感覚を思い出させて、己の中心が熱く猛っていくのを感じた。

四年もの間、眠る彼女をよく抱かずにいられたものだ。

三週間前にはじめて彼女を抱いて以来、毎夜のごとくこの身体を貪っている今では考えられないことだった。

「リゼ、もう…挿れていいか……？」

「……っ…、ン…ッ、……ッ」

これだけ濡れているなら大丈夫だろう。

そう思って、内壁を擦りながら耳元で囁いてみるが、リゼは僅かに身を固くしただけで返事もしない。

どうやら、今夜は寝たふりを貫く気でいるようだ。

ロキはため息をつき、彼女の中心から指を引き抜く。

絶対に喘がせてみせる。ロキは自身の下衣を素早くはだけさせると、リゼの右足首を摑み上げて、己の腰をぐっと押しつけた。

「……ッ」

押し当てられた熱の塊に、リゼはびくっと肩を揺らす。

だが、蜜に塗れた秘肉は、少し腰に力を込めただけで簡単にロキのものを受け入れてしまう。先端を入れて軽く腰を揺らしただけで、すぐに入口がひくついてふしだらに締め付けられた。

「……っう」

もっとじらしてやろうと思っていたのに、こんなことをされては我慢ができない。

ロキは低く呻くと、全身の血が沸き立つのを感じながら、熱く蠢く彼女の内壁を一気に貫いた。

「あぁ…ッ！　……っふ…、ふ…、っくぅ……」

狂おしいほどの快感だった。

我慢しきれず喘ぐ声にもこれ以上ないほど煽られる。ロキは彼女の柔らかな肩口を甘噛みし、情動のままに激しく腰を前後させた。

ほしい。

彼女のすべてを食べ尽くしてしまいたい。

律動のたびに甘い声を漏らしてしまう彼女を抱き締め、うなじに口づける。

しかし、リゼは相変わらず自身の手で口を塞いでいたから、唇を合わせることができないのが不満だった。

「ンッ、ん、ん、んっんっ、んぅ…ッ」

ロキは彼女の弱い場所ばかりを突き、乳房を揉みしだく。

何をしてもこの身体はしっかり反応しているのに、どうして頑なな態度を崩そうとしないのだろう。

こんなときなのに、リゼの泣き顔が頭にちらついた。

どうして哀しそうに俺を見るんだ。

そんな顔が見たいわけじゃない。

泣かせたくて、こんなことをしているわけじゃない。

振り切るように抽送を速めると、動きに合わせるように内壁に締め付けられ、急速に迫《せ》り上がる絶頂感に身震いした。

「リゼ…ッ！」

「んっんっ、ンッ、…っは、く…ぅ、ンッン…ッ」

後ろから激しく腰を打ち付け、リゼの耳たぶを甘嚙みする。

彼女はそんな刺激にさえ身体を波打たせ、ロキの攻めに逆らいきれずに自ら腰を揺らし出す。

リゼはそのことに自分で気づいていないようだった。

後ろから覗き込むと、彼女は固く目を瞑ったままで、快感に堪えようとしている様子が見て取れる。

ロキは胸の奥がざわめくのを感じ、急き立てられるようにその身体を強く掻き抱いた。

今は快感を追うことだけを考えていればいい。身体を繋げてしまえば、互いに達するまで止めることはできないのだからと、ロキは無我夢中で彼女を貪る。

リゼもまた、この快感からは逃れられないようだった。

口に手を押し当てるのも忘れて淫らに喘ぎ、いつ達してもおかしくないといった様子だった。

「ひぅッ、あぁ、んんっ、ひ、んっ、あっあっ」

「……つく、もうだめ…だ……ッ、リゼ…、一緒に……っ！」

「や、ぁ、あぁ、あぁ、ぁああ……っ」

「——…ッ！」

「あぁ——…ッ！」

瞬間、二人の身体は激しくびくつく。

リゼは全身をひくつかせながら、奥を突くロキを一際強く締め付けてくる。

その内壁の動きで彼女が達したことを理解したロキはさらに腰を突き上げた。

リゼの首筋に唇を押しつけると、奥の壁に先端を擦りつける。

この女は俺のものだ。

絶対に放さない。

独占欲と絶頂の波に支配され、ロキは彼女を掻き抱きながら、淫らに痙攣する最奥目がけて精を放った。

「——は、はっ、はあっ、…んっ、……あ、……は……」

ロキは彼女を抱き締めたまま、その首筋に顔を埋める。

心をかき乱す甘い声。

いつの頃からか、腕の中にすっぽり収まるようになった柔らかな身体。

乱れた呼吸は程なくして元に戻り、深く息をついて繋げた身体を離す。

キスをしたいと思い、肩で息をする彼女を上向かせると、涙で濡れたエメラルドの瞳と視線がぶつかった。

「また、泣いていたのか……」

「……んっ…う…」

途端にロキの胸はズキズキと痛み出す。

その目を見たくなくて彼女の唇を奪うが、それでも痛みは消えない。

彼女が泣くたびに、増していくようだった。

ロキは思い出したように顔を上げ、脱いだ服を掴み取る。

「あ…、そうだ」

懐にしまった指輪を取り出し、それをリゼの指に強引に嵌《は》めた。

「これ、リゼにやる。綺麗だろ？　俺が選んだんだ」

きっと、喜んでくれるに違いない。

そう思って選んだ指輪だった。

だが、リゼはその指輪を一瞥《いちべつ》しただけで顔を背けてしまう。

その顔は、少しも嬉しそうには見えなかった。

何が悪いのか、よくわからない。

どうして彼女は自分に笑ってくれないのだろう。

どうしていつも泣くのだろう。

胸が痛んで仕方なかったが、こんなことははじめてだったから、ロキにはどうすればいいのか見当もつかなかった——。

第六章

毎夜のようにロキに抱かれる日々。

同時に、彼との結婚式の日が刻々と近づいてくる。

気づけば、リゼがロキの花嫁になるのは三日後に迫っていたが、抵抗することに疲れ果て、毎日を諦めに似た気持ちで過ごすようになっていた。

「――なんだか、疲れたわ……」

自室の窓辺から裏庭を見下ろし、リゼはため息交じりに呟く。

項垂れると窓に額がコツンとぶつかったが、構うことなく目を閉じた。窓から降り注ぐ太陽の光が眩しくて、とても目を開けていられなかった。

ロキの正体を知って一か月。

長いような短いような、よくわからない日々だった。

本来なら、彼の家族である国王や王妃、九人の王子たちに挨拶をしに王宮に赴くべきなのだろう。

けれど、リゼはまだ王家の人たちには一度も会っていない。

どうやら結婚式の日取りはロキの独断で決められたものだったらしく、言い出してから一か月という短い期間では、準備に追われるばかりで時間が取れなかったようなのだ。そのため、結婚式当日が初顔合わせとなるのだが、そういった事情を考えると致し方ないだろう。

だが、それを聞いても、リゼは特にどうとも思わなかった。

ロキが王族だからといって、自分の生活は今とほとんど変わらない。この屋敷で、これからも彼が望むとおりに生きていくだけだ。

彼とのことは多くの者が歓迎している。

リゼの親戚や領地の人々、屋敷の使用人など、反応の仕方はさまざまだが、ヘンドリック家は大変な出世をしたものだと色めき立つ者もいれば、四年もの間、ロキがこの屋敷で過ごしてきた理由がリゼを見初めてのことだと知り、彼に密かに憧れていた侍女たちの目が、翌日は泣き腫らしたように赤くなっていたなどという話もあったらしい。

また、ロキがヘンドリック家に迎えられた時期がイザークとの婚約が解消となった直後だったため、もしや圧力があったのではと想像する者もいたようだが、たとえそうだとしてもこれほどの良縁を断るなど貴族としてはあり得ない話で、ロキとの結婚を後ろ向きに捉える者はリゼが知る限りどこにもいなかった。

だからきっと、彼との子ができれば、皆はもっと喜ぶのだろう。

これだけ毎日抱かれていれば、いつできても不思議はない。すでに子を宿している可能性も、ないとは言い切れなかった。

しかし、彼の言動には疑問もあった。

『――リゼ、おまえは俺のものだ』

肌を合わせているとき、ロキは言い聞かせるように何度もそう囁く。

そこに息苦しいほどの執着心を感じた。一方で、リゼの婚約を無理やり破談にさせるという暴挙に出ながら、四年もかけて弟を演じてきたのはどうしてなのか。そうかと思えば、いきなり結婚を決めたのはどんな理由からなのか……。

そもそも、自分の何を気に入ったのかがわからないのだ。

何かの間違いではないのかと、彼に対する疑問は尽きなかった。

――どうしてこんなことに……。

哀しくて悔しくて堪らない。

甘えてくるロキをかわいいと思っていた。

ずっと、あのままでいられると思っていた。

男らしく成長していく彼を意識しなかったわけではないけれど、姉弟として良い関係を続けていきたいと思う気持ちのほうが強かったのだ。

――それなのに、どうして……？

本当の彼は、平然と人の気持ちを踏みにじることのできる人だった。

ロキがすべての元凶だったと、どうして見抜けただろう。

哀しくて苦しくて、リゼは毎夜抱かれながら涙を零した。

彼は微かな戸惑いを顔に浮かべていたが、決して行為をやめようとはしなかった。

『俺を拒絶するな』『そんな顔を見せるな』と言ってリゼをきつく抱き締め、翌日は身体を動かすのが大変なほど、執拗に彼を刻み込まれることもあった。

そのたびに、リゼは思い知らされた。

この身体は簡単に心を裏切る。

寝ている自分に彼がどこまでのことをしてきたかはわからないが、僅かに触れられただけで淫らに啼くこの肉体は、本当はロキを求めているのではと疑いたくなるほど悦んでいた。

抵抗なんてなんの意味があるだろう。

毎夜、彼はリゼが気を失うまで行為を続ける。

だったら、満足するまで好きにすればいいと諦めるしかなかった。

それでも哀しみは消えず、リゼは涙を流し続けた。

時折、ロキが傷ついたような顔をすることもあったが、すべて見ないふりをした。一方的で横暴なやり方がどうしても許せなかったから、密かに芽生え始めた彼の葛藤《かっとう》を知ろうともしなかった。

──コン、コン。

ぼんやりしていると、不意にノックの音が響く。

リゼはその場で身じろぎするが、ここから動く気になれない。

「……はい」

なんとか扉のほうを振り向き、小さな返事をするのが精一杯だった。

「リゼさま、お紅茶を淹れましょうか？　大好きなマカロンもございますよ」

部屋を訪ねてきたのは侍女のマーサのようだ。

以前の彼女なら、返事をすればすぐに扉を開けて快活な笑顔を見せてくれたが、ロキと結婚すると聞かされてからは妙によそよそしくなってしまった。

日に何度かこうして部屋に来てくれるが、最近は世間話もしてくれない。

着替えを手伝うときにリゼの身体に赤い鬱血の痕が散っていても、もう何も聞かなくなった。

──誰につけられたものかなんて、今さら聞くまでもないことだものね……。

今も遠慮してか、マーサは扉を開けようとしない。

彼女との心の距離が広がったようで寂しく思ったが、リゼはなるべく元気な様子を装って扉越しに返事をした。

「ごめんなさい。折角だけど、今はいらないわ。あと一時間もすれば昼食の時間だもの。それに、結婚式前に太っては折角のドレスが着られなくなってしまうから」

「あ…、そうですわね……。私ったら考えなしで……。で…、では…、何かありましたらいつでもお呼びくださいね……」

「ありがとう」

朝食と昼食の間に、今のようにマーサが紅茶を淹れに来てくれるのは珍しいことではない。

多少お菓子を食べたところで、ドレスが着られなくなることはないはずだ。

本当はそう思っていたが、今は一人でいたくて自分の気持ちを優先してしまった。

折角の気遣いを断った罪悪感はあったが、遠ざかる足音にホッとする自分を浅く笑い、リゼは窓の向こうを見つめた。

雲一つない晴天。

ここしばらくは、快晴が続いていた。

いつまでこの天気が続くだろう。

三日後の結婚式は、晴れるだろうか……？

そういえば、四年前、ロキと出会ったあの日も空は晴れ渡っていた。

祭壇で見つめ合う王子と姫君の姿は、年頃の娘なら誰でも憧れたに違いない。

リゼはそんな二人に自分の未来を重ね、その余韻を引きずったまま教会の裏庭に足をのばしたのだ。

教会の壁に落書きをしていた少年を見つけたのは、そんなときだった。

アメジストのような珍しい瞳の色。

透けるように白い、きめ細かな肌。

驚くほどの美少年を前に、思わず固まってしまったのを覚えている。

リゼが注意すると、彼は意外なほど素直に落書きをやめてくれたが、ただの悪ふざけで落書きをするような子には見えなかった。不思議に思っていると、ロキは何か理由があって憤りをぶつけていたようなことを言っていた。

「……確か、あのときチョークを渡されたのよね……。あれは、どこへしまったのだったかしら……」

リゼはあのときのことを思い出して小さく呟く。

もう落書きはしないと言って、ロキに渡された白いチョーク。

なんとなく捨てられず、どこかにしまった記憶があるが、すぐには思い出せない。

どうでもいいことだと思いつつも、一度頭に引っかかると気になってしまい、リゼは机に向かうと、引き出しの奥のほうから小箱を取り出した。

どこかにしまったなら、この箱の中かもしれない。

ロキと出会ったときの自分は子供という年ではなかったけれど、小さな頃はお気に入りの小物などはこの箱に入れていたのだ。

「……これかしら？」

箱を開けると、幼い頃の懐かしい宝物に紛れてレースのハンカチがあった。

覚えのあるそのハンカチを取り出して机の上に広げると、白いチョークがハンカチの上でコロンと転がった。

「ずっと…、ここにあったなんて」

やはり捨てていなかったのか。

リゼは苦笑しながら、チョークを日にかざした。

真っ白なチョーク。

まったく汚れのない色。

「……真っ白なままね……。どうして色褪せないの……?」

ぽつりと呟き、リゼは食い入るようにチョークを見つめる。

なぜだかこれを見ていると、あの頃の自分を無性に思い出す。

好きな人との結婚を夢見ていた自分の姿。

プロポーズされて、浮かれていた自分の姿。

今さらこんなことを考えても意味がないとわかっている。

それなのに、必死で忘れた過去がどうしようもなく懐かしかった。

彼は…、イザークは今どうしているだろうか。

婚約を解消してから彼の情報は一切耳に入ってこなくなったから、イザークがあれからどう過ごしてきたのかリゼは何も知らなかった。

「懐かしい……」

リゼはしばしチョークを日にかざして見ていたが、程なくしてそれを机に置くと、ふらふらと部屋を出る。そのまま窓の向こうを眺めながら長い廊下を進むと、迷うことなく一階に下りていた。

「――リゼさま……？」


途中、ラルフとすれ違ったが、別の誰かだったような気もする。

リゼは誘われるように玄関の扉を開け、外に足を踏み出した。

このときの自分が何を考えていたのかはよくわからない。

どうしたかったのかも、よく覚えていない。

ただ、真っ白なチョークを見て『あの頃の自分』に無性に会いたくなって、誰にも行き先を告げぬままリゼは屋敷を飛び出していた。

❀　❀　❀

それから一時間ほど経った頃。

ロキはリゼが屋敷から姿を消したことなど知る由もなく、昼食の時間になっていつものように食堂に向かうと、すでに来ていたミハエルやシェリーと今後のことを話しながら彼女を待っていた。

――リゼ、やけに遅いな……。

五分経っても十分経ってもリゼはやってこない。

普段は自分よりも先に来て待っていることが多いから余計にそう思うのだろうが、朝はいつもどおりだったことを思うと妙に気にかかる。

「ロキ、念のために、もう一度確認しておきたいんだが……」

「なんですか、父上？」

「陛下たちとの顔合わせは、本当に結婚式当日でいいのだろうか？」

「ええ、問題ありませんよ。向こうもそれでいいと言っていますから。……何か心配なことが？」

「あぁいや…、事前に挨拶もしないというのは、やはり失礼にあたるのではないかとね……。今からでも王宮に伺ったほうがいいのではと思ったんだよ。私たちがどう思われようと構わないが、リゼへの心証が悪くなるのではないかと心配でね……」

ミハエルは困ったように笑い、ぽりぽりと頬を掻く。

見れば、シェリーも同意するように頷いている。

ロキはクスッと笑って首を傾げた。

このことは三週間前にも説明していたので、とうに納得していると思っていた。

結婚式まであと数日という時期に今さら何を言い出すのかと思ったが、自分とミハエルたちとでは感覚が違うのだろう。

かみ砕いて説明するのは面倒だったが、彼らを安心させるためなら仕方ないと思い、ロキは少しだけ細かく話すことにした。

「父上、母上、どうか安心してください。この四年間、俺は何もしてこなかったわけじゃないんです。リゼがどんな女性で、そんな彼女にどれだけ俺が夢中なのか、ラルフを王宮に遣わして何度も伝えてきたのですから」

「そんなことを……。確かに、ラルフの姿を時々見かけないとは思っていたが」

「はい、今後のことを考えれば、最低限それくらいしなければ理解が得られないと思ったのです。俺は半ば強引に王宮を出て、ヘンドリック家に迎え入れてもらったので……」

「……そう、だったな……」

「けれど、その甲斐あってか、彼らはリゼをとても気に入っているんですよ。当日を楽しみにしているとの伝言ももらいました。もちろん、父上や母上によくしてもらっていることも向こうは知っています。俺はあなたたちのことも大切なんです。本当の両親のように思っているのだから当然でしょう？」

「まぁ…、ロキ……。私たちのことをそんなふうに？」

「はい…。でも改めて言うと、少し照れますね……」

はにかんでみせると、二人は感極まった様子で目を潤ませた。

彼らのこういう反応はなかなか心地いい。

本当はラルフが勝手に報告していただけだが、そんなことは言う必要もない。これで二人が安心できるというなら説明のしがいがあったと思い、ロキは息をついて食堂の入口に目を向けた。

――しかし、本当に遅いな……。

すでに料理の皿も並び終わっているというのに、リゼが来る気配はない。

「リゼったら、やけに遅いわね……。マーサが呼びに行っているはずだけれど、何かあったのかしら」

「少し、心配だな……」

こうも遅いと、彼らもさすがに気になるようだ。

何かあったのなら、そのほうが問題だ。待っていても時間を無駄にするだけだと、ロキはおもむろに立ち上がった。

「俺が様子を見てきます」

「えっ、いや、わざわざロキが行かなくとも……」

「すぐに戻ります。二人は先に食べていてください」

「ロキ…っ！」

席を離れると、彼らは動揺を顔に浮かべた。

自分たちがリゼを気にしていたから、ロキが動いたと思っているようだ。

けれど、別に彼らの言葉で動いているわけではない。

ロキは単に『待つ』ことが苦手なのだ。

幼い頃からそうだったから、これぱかりはどうしようもない。

――リゼのことだけは、例外だけどな……。

ロキは苦笑を浮かべ、二人の動揺を背に感じながら食堂をあとにした。

そのまま長い廊下を進み、彼女の部屋を目指して階段に向かった。

リゼの部屋は二階の角にある。

階段を上って彼女の部屋のほうに顔を向けようとすると、不意に廊下の向こうから慌ただしい靴音が聞こえた。見れば、年配の侍女がこちらに向かってバタバタと駆けてくるところだった。

――マーサ…？

何をそんなに急いでいるのだろう。

徐々に近づくマーサの顔がやけに強ばっているように感じられて、ロキはすかさず声をかけた。

「マーサ、どうかしたのか？」

「……ッ、あっ、ロキさま…ッ!?」

声をかけると、彼女は驚いた様子で立ち止まった。

もしかして、声をかけるまで気づかなかったのだろうか。

いつも穏やかな彼女が、髪を乱して廊下を走る姿など見たことがなかった。

まさか本当にリゼに何かあったのではと眉を寄せると、マーサは肩で息をしながら途切れ途切れに答えた。

「そ、それが……っ、リゼさまの姿が……っ、どこにも見当たらないのです……ッ！」

「え…ッ!?」

「思い当たる場所は、すべて捜したのです……。書庫や談話室、衣装部屋…、裏庭にも行ってみましたが、どこにもいらっしゃらなくて……っ。けれど、行き違いということもあるかもしません。そう思って、もう一度リゼさまの部屋に行ってみたのですが……」

「いなかったのか……」

「……はい」

マーサは真っ青な顔で頷く。

どうりで慌てていたはずだ。

ロキは唇を引き結ぶと、廊下を駆け出した。

「あっ、ロキさま…ッ」

後ろからマーサの声が追いかけてくるのを感じたが、ロキはそのままリゼの部屋に向かった。

部屋に着くなり、素早く扉を開けて彼女の姿を捜し回る。

しかし、マーサの言うとおり、リゼはどこにもいなかった。

——どこへ…、行ったんだ……？

ロキは、全身から血の気が引いていくのを感じた。

一体、何が起きているのだろう。

リゼがいなくなるわけがない。

誰にも言わずに、彼女が一人で出かけるわけがない。

そんなことは、これまで一度もなかった。

「ロ…ッ、ロキさま…ッ」

「……」

「あぁ、まさかこんなことになるなんて……ッ！　最近、リゼさまに元気がないことには気づいていたのです……ッ。何かをずっと我慢しているようで……、それはわかっていたのに……ッ！　ロキさま…、どうしたら……。何かご存じではありませんか……？」

マーサも走って追いかけて来たのだろう。

肩で息をしながら取り乱した様子で涙を零していた。

だが、ロキは何も答えられない。

リゼの痕跡を探すように部屋の隅々まで目を凝らしていると、ふと、彼女の机に見慣れない物が置かれてあるのに気づいた。

「……これは」

ロキは素早く駆け寄り、それを手に取った。

細かな装飾が施された赤い小箱。

小箱の蓋は開けられ、その横に無造作に広げられたハンカチがあった。

ハンカチの上には使いかけの白いチョークが置かれていた。ロキは眉根を寄せてそれを手に取り、ハッと息を呑んだ。

――これは、あのときのものか……？

リゼと出会った教会。

教会の壁に落書きをする自分。

四年前のあの光景が頭に浮かび、ロキは信じられない思いで息を震わせた。

彼女はこれをずっと持っていたというのか？

そもそもこれは、本当にあのときのものなのか？

目を凝らして見ていたそのとき、突然廊下の向こうから靴音が響いてきた。

その音に耳を澄ませていると、やがて靴音は部屋の前で止まり、ノックもせずに扉が開けられた。

「ロキさま…ッ！」

「……ラルフ？」

「たっ、大変です、リゼさまが……ッ！」

「あぁ…、わかっている。いなくなったんだろ？」

「……ッ、ご存じでしたか……。一時間ほど前にお見かけしたとき、いつもと様子が違っていたように思ったのですが、まさか屋敷を出ようとしていたとは考えもつかず……」

「……なに？」

「え…？」

「どういうことだ。俺はそこまで知らない。リゼはどこへ行った⁉」

「しっ、失礼しました……ッ！　その…、馬車を出してもらうよう御者に頼む姿を見かけた者がいるようなのです。それをロキさまにお伝えすべく食堂に向かったところ、ここにいらっしゃると伺ったもので……。申し訳ありません。どこへ向かわれたのかは、まだ何も……」

「……ッ」

ロキは顔色を変え、ごくっと唾を飲み込んだ。

──リゼは、本当に一人でどこかへ出かけたのか……。

しかも、ラルフが見かけたのは一時間も前だ。

ロキはチョークに目を落として考え込む。

彼女はどこへ行こうとしていたのだろう。今のところ、手がかりになりそうなものはこれしかない。

──まさか、あの教会に行ったのか？

一瞬、そう思ったが、わざわざ足を運ぶ理由が見つからない。

ロキは居ても立ってもいられず、とにかく捜しに行かねばという思いに駆られて部屋を飛び出そうとした。

「ロキさま…ッ！」

その瞬間、マーサがすかさず声をかけてきた。

足を止めて振り返ると、彼女は青ざめた顔でロキを見ていた。

「……なに？」

「あ…、あの……。どうか……、リゼさまをお願いいたします……」

「わかってる」

「と…、とてもお優しい方なんです。まっすぐな方なんです。人を疑うことを、なさらない方なんです……っ！」

「……」

「さ…、差し出がましいことを言って申し訳ありません。口を挟める立場ではないのに、本当に申し訳ありません……。ですが……、生まれたときから、リゼさまを見てきたのです……。どうしてもリゼさまに幸せになっていただきたくて……」

「マーサ……」

彼女は微かに震えながら深く頭を下げた。

怯えているのだろうか。

少なくとも、王族相手に侍女が意見するなど聞いたことがないから、怯えるのもわかる気がした。

だが、彼女がリゼを殊のほか大切に想っていることは伝わる。そうまでして訴えた意味を考え、ロキはぐしゃっと髪を掻き上げた。

「俺は…、何か間違えたのか？」

「……え？」

しかし、その呟きはマーサの耳には届かなかったようだ。

ロキは自嘲ぎみに笑うと、「わかった」とだけ言って今度こそ部屋をあとにした。

そのまま廊下を走り、素早く階段を駆け下りる。その間も自分を追う足音が聞こえ、ロキは玄関ホールの手前でラルフを振り返った。

「ラルフ、おまえは来なくていい！」

「えっ!?」

「食堂へ行って父上に伝えろ。俺はリゼを連れて戻る。だからここで待っていろ！」

「で、ですが…ッ」

「人の力は借りたくない。必ずリゼと外出したと」

「……ッ、承知…しました……ッ！」

ロキの強い命令に、ラルフは目を見開く。

はじめは迷う様子を見せていたが、ロキの鋭い眼差しに圧されて背筋を伸ばし、振り切るように廊下を引き返した。

遠ざかる背中に息をつくと、ロキは扉を開けて外へ飛び出す。

リゼがどこへ向かったのかはわからないが、こうなったら思いつく場所を片っ端から捜すだけだと、裏庭の一角にある厩舎に駆け込んだ。

その間もロキの脳裏には白いチョークがちらついて離れない。

リゼはあれを見て何を考えていたのか。

どんなことを思い出していたのか……。

「——まさか……っ」

厩舎から馬を出したところで、ロキはハッと息を呑む。

もしかして、イザークのところに……？

自分たちに関係する場所ばかりを思い出そうとしていたが、よくよく考えてみると、あのときの彼女には婚約者がいたのだ。

だが、あれからどれほどの年月が経った？

とうに過去のことではないか。

それとも、今もまだ引きずっているというのか……？

「……冗談じゃない！」

ロキは目を剝《む》き、素早く馬に乗った。

手綱を握って馬の腹を軽く蹴ると、馬は指示どおり前方に進み、徐々に速度が増していく。屋敷の門を抜けるとさらに加速させ、前傾になって風を受けながら前を見据えた。

——絶対に手放すものか……ッ！

ロキは燃えるような眼差しで、ギリッと奥歯を噛みしめる。

この狂おしい焦燥の正体がやっとわかった気がした。
全身の血が沸騰するほどの、激しい嫉妬だったのだ——。

第七章

ヘンドリック家から南の方角に三十分ほど馬車を走らせると、徐々にのどかな田園風景が広がってくる。

さらに同じほどの時間をかけて馬車を走らせれば、今度は賑やかな街並みに一変する。愉しげな人々の笑顔。

親子連れや恋人同士、年配の夫婦。

行き交う人々の様子を眺めながら大通りを半分ほど過ぎた辺りで右折すると、程なくして閑静な住宅街に出る。その道をしばらく進んだ先には、この街を治めるキャンベル伯爵の一際立派な屋敷があった。

「……昔と何も変わってない」

その屋敷の裏手に馬車を停めて数十分。

リゼは建物の前の通りを歩いては止まってを繰り返し、辺りの風景を懐かしく思いながら眺めていた。

衝動的に屋敷を飛び出して向かった先は、イザークの屋敷だった。

ヘンドリック家とキャンベル家は遠縁にあたることもあって、四年前までは家族ぐるみで親しくしていたから、リゼはこの屋敷に何度も来たことがあるのだ。

あまりにも短絡的な行動だと自分でもわかっている。

ただ、彼は今どうしているのかと思うと、とても懐かしくなってしまい、気づいたらここに向かっていた。

けれど、屋敷の門をくぐるつもりも、イザークに会うつもりもない。

今さら過去を蒸《む》し返そうと思っているわけではなく、こうして外から懐かしい風景を眺めていればそれでよかった。

「本当にそれだけよ……」

リゼは言い聞かせるように呟き、屋敷を囲む壁に沿ってゆっくりと進んだ。

そのうちに正門が見えてきて、さり気なく中の様子に目を凝らす。人の姿はどこにもなかったが、建物に続く石畳を見ているだけで現実を忘れられた。

「……っ!?」

しかし、そのとき、通りの向こうから蹄《ひづめ》の音が聞こえてリゼは身を強ばらせた。

ガラガラと車輪が回る音も響き、それが馬車だとわかる。

自分を知っている人だったら大変だ。

絶対に見つかるわけにはいかないと慌てて隠れられそうな場所を探したが、屋敷の前には見通しの良い道しかない。

——どうしたら……。門の中に逃げ込むわけにはいかないし……。

考えを巡らせている間にも、蹄の音はどんどん近づいてくる。

こうなったら通行人を装うしかない。

不審者だと思われなければきっと大丈夫だと、リゼは胸に手を当て、なんとか呼吸を整えようとした。

だがその直後、蹄の音がすぐ近くで止まった。

リゼは肩をびくつかせる。

早く門の前から離れなければいけないのに、思ったようにいかない。

通行人を装うどころか、緊張して足が動かなかった。

一人焦りを募らせていると、間を置いてカタンと音が響く。その音にびっくりして、リゼは反射的に振り向いてしまった。

「……あ」

しまったと思ったが、後の祭りだ。

そこには一台の馬車が停まっていて、リゼが振り向いたときには、馬車から下りた男性が呆然とした様子でこちらを見ていた。

「リゼ…？」

目が合うと、その人は確かめるように口を開く。

穏やかな低い声。

焦げ茶色の髪。優しい灰色の瞳。

「……イザーク…さま……」

リゼは声を震わせ、彼を見つめた。

やはり彼は、今もここに住んでいたのだ。

ほんの少し建物を眺めるだけでよかったのに、四年前とほとんど変わらぬイザークを前にして、一瞬のうちに『あの頃』の自分に戻った気にさせられた。

「どうして…、ここに……？」

躊躇いがちに問いかけられるが、リゼは言葉が見つからない。

まさかイザークと再会できるとは思わず、頭が真っ白になっていた。

どれくらいの間、そうしていたのだろう……。

二人は言葉もなくただ見つめ合っていただけだったが、程なくして屋敷のほうから小さな靴音が聞こえてきた。

そのたどたどしい音が気になって、リゼは何げなく振り向く。

すると、石畳を元気に走る幼い女の子と、その子を追いかける母親らしき女性が近づいてくるのが目に入った。

はじめて見る女性だ。

その人が誰であるかわからず、リゼは不思議に思いながら二人を目で追いかけていた。

「お父さま、お帰りなさい！」

やがて、女の子は門の傍で立ち止まって満面に笑みを浮かべた。

「――ッ！」

リゼは目を見開いて声を呑む。

女性のほうに目を向けると、彼女は困ったようにイザークに笑いかけていた。

「パティったら、本当にお転婆で困ってしまうわ。馬車の音であなたが帰ってきたって言って、いきなり走り出すんだもの」

「あ…、あぁ……、よくわかったな」

彼女の言葉に、イザークはぎこちなく答える。

女の子は嬉しそうに笑って彼の太股に抱きつく。イザークを見上げる眼差しはキラキラと輝く宝石のようだった。

――あぁ、そうか……。

その瞬間、リゼはすべてを理解した。

そこにあったのは絵に描いたような幸せな家族の光景だ。

この四年で、イザークには家族ができた。

彼は、新しい幸せを見つけていたのだ。

それは、ひと目でわかる光景だった。

「ところで、そちらの方は？」

「あ…、彼女…は……」

来るべきではなかった。

自分はここにいてはいけない人間だ。

間違っても元婚約者だなんて、悟られるわけにはいかない。

だが、リゼの身体はガチガチに固まって動かなかった。

道に迷っただけだと、彼は案内しようとしてくれていたのだと適当な嘘をつけばいいのに何一つ言葉にならなかった。

「……彼女は……」

イザークは答えに詰まっている様子だ。

なんて浅はかなことをしてしまったのだろう。

このままではイザークに迷惑をかけてしまうと、リゼは焦りを募らせ、なんとか声を絞り出そうとした。

「――リゼ…ッ！」

だが、そのときだった。

「……、……え？」

突然、遠くのほうで誰かに呼ばれた気がして、リゼは顔を上げた。

しかし、ここはヘンドリック家ではないのだ。

自分を呼ぶ者などいるはずがない。

そう思うリゼだったが、次第に荒々しい蹄の音が聞こえてきた。

そういえば、やけに聞き覚えのある声だった気がする。

眉を寄せて通りの向こうに目をやると、蹄の音はさらに大きくなった。

「リゼ……ッ！」

「ッ!?」

もう一度声がして、リゼは息を呑んだ。

まさかという思いで目を凝らすと、一頭の馬が土煙を上げながら、凄まじい勢いで近づいてくる。

馬上には黒髪の青年。

遠目だというのに、彼が燃えるような鋭い眼差しをこちらに向けているのが、リゼにはわかった。

「……ロキ」

誰にも告げずに来たのに、どうしてここがわかったのだろう。

呆然としている間も彼はほとんど速度を緩めることなく、正門の手前で素早く身を起こした。

馬は土煙が上がるほどの勢いで駆けていたが、ロキが真後ろに手綱を引いた途端、一気に速度が落ちる。リゼたちの前を僅かばかり通り過ぎたものの、正門を少し過ぎた辺りにはすでに早足へと切り替わっていて、やがて円を描くようにぐるりと方向転換をしてから動きが止まった。

皆の視線が集中する中で、ロキは馬上で深く息をつく。

やんわりとたてがみを撫でると、素早く馬から下り立ってリゼに目を向けた。

リゼはその様子を呆然と見ていたが、彼が近づいてくるのに気づいて我に返る。

しかし、後ずさろうとしたときには手首を摑まれ、力いっぱい引き寄せられてしまっていた。

「あ…っ!?」

「俺の前から勝手にいなくなるな……ッ！」

抵抗する間もなく胸に閉じ込められた瞬間、頭上でいきなり怒声が響く。

驚いて肩を震わせたが、同時に頰に当たった彼の胸がやけに大きく動いていることに気づいた。顔を上げるとロキは激しく息を乱していて、額からはぽたぽたと汗が流れ落ちていた。

──なんで追いかけてくるのよ……。

そう思いながらも、リゼの目にはじわりと涙が滲む。

ロキはこれまで見たことがないほど切羽詰まった顔をしていて、それがあまりに必死なものに見えたから、リゼはなぜだか泣きそうになってしまった。

「あの…、お二人は……」

だが、遠慮がちな女性の声で、リゼはすぐに現実に戻される。

はっと顔を向けると、イザークの隣で不思議そうにしている女性と目が合う。

ロキに気を取られて、ここがどこであるかすっかり忘れていた。リゼは顔を強ばらせ、この場を立ち去るための言い訳を、頭の中でぐるぐると探した。

「お二人は、もしかして主人のお友達ですか？」

「え…っ」

ところが、彼女は思わぬことを聞いてきた。

リゼは驚き、ぱちぱちと目を瞬かせる。

彼女はきょとんと首を傾げていたが、特に何かを疑っている様子ではない。

まさかそんなふうに捉えられるとは思わなかった。密かに息をつくと、ロキが喉の奥で掠れた笑いを漏らし、リゼを腕に抱いたまま女性に笑いかけた。

「はじめまして。イザークさんには、いつもお世話になっています」

「まぁ、そうでしたの」

「ええ、あなたがたご家族の話も何度も伺いました。優しくて気遣いのできる自慢の妻と、目に入れても痛くないほどかわいい娘がいると……」

「え…ッ!?　この人がそんなことを……？　あ…っ、あの…っ、ご挨拶が遅れました。私、イザークの妻のアンナと申します。こちらは娘のパティです。もう少しで三歳になります」

「本当に噂どおりのご家族ですね。お会いできて光栄です。俺の名はロキで…、彼女は婚約者のリゼといいます。今日は、二人でこちらに伺う約束をしていたんですが、途中で彼女とはぐれてしまって……」

「まぁ…、それは大変でしたね……」

「焦るあまり、先ほどは恥ずかしいところをお見せしてすみませんでした」

よくそんなでまかせを、瞬時に思いつくものだ。

ロキの爽やかな笑顔と滑らかな舌に騙されて、彼女――アンナは嬉しそうに会話を弾ませている。

呆れるのを通り越して感心しそうになったが、ぼんやりしている場合ではない。

心苦しさはあるものの、嘘だとばれるわけにはいかない。今はロキに話を合わせたほうがいいのだろうと、リゼも無理やり笑みを浮かべた。

だが、よくよく考えると、これではすぐに立ち去ることができない。

常識的に考えて『伺う約束をしていた』などと言われて、立ち話だけで済むはずがないのだ。

「では、中へどうぞ。そちらの立派な馬も、厩舎で休んでもらうよう使用人に頼んでおきますね」

「ありがとうございます」

「イザーク、ひとまず広間にご案内すればいいのかしら」

「あ…、あぁ……。そう…だな……」

リゼが危惧したとおり、アンナは自分たちを屋敷の中へ促してきた。

一方、イザークのほうはこの状況をまだ呑み込めずにいるようだ。

彼はぎこちなく頷くと、娘にせがまれるまま小さな身体を抱き上げる。一瞬だけリゼを見たが、すぐに目を逸らして硬い表情で歩き出した。

なんだか、大変なことになってしまった。

今すぐ逃げ出したい気分だったが、そういうわけにもいかない。

ロキにしっかりと手を握られ、リゼは青ざめながら数年ぶりとなるイザークの屋敷の門をくぐったのだった――。

❀❀❀

幾度となく訪れたキャンベル邸。

どこを見ても懐かしく思うほど、以前とほとんど変わっていない。

リゼが来ると、イザークはいつも裏庭に連れ出してくれた。

雨のときは書庫や談話室で過ごし、最近の出来事などをあれこれ話した。

イザークは大抵聞き役に回って、穏やかな眼差しで頷きながら、リゼの話に耳を傾けていることが多かった。

リゼにとって六歳年上の彼は憧れであり、いくら背伸びしてもなかなか追いつくことのできない大人の男性でもあった。

けれどそんな関係は、あっさりと断ち切られた。

ロキと出会ったことで終わってしまった。

哀しみに暮れた日々は、思い出すだけで胸が苦しい。

しかし、それでもリゼは必死に前を向いて、少しずつ彼を過去にした。

それなのに、どうして今になって思い出してしまったのだろう。

衝動的に来てしまったことを心底後悔する。

彼に家族がいると知っていたなら、決してここには来なかった。


「――では、主人とは王宮でお知り合いに？」

「ええ、確か半年ほど前でした。王宮に行くのはそのときがはじめてだったから、すごく緊張していたんです。そうしたら、イザークさんが心配そうに声をかけてくれて……」

「そうだったのですか……。よっぽど緊張なさっていたのかしら。口べたなこの人が自ら話しかけるなんて滅多にないことなのですよ」

「きっと、見ていられないほどだったんでしょう」

「まぁ…っ」

案内された広間では、ロキとアンナの会話が弾んでいた。

リゼはロキの隣に座って、ぎこちなく相づちを打つのが精一杯だった。

ロキの設定によると、どうやら自分たちは幼なじみであり婚約者らしい。

もうすぐ結婚式を挙げる予定で、今日はその挨拶にやってきたということだ。

嘘の中に本当のことを混ぜているのは意図的かどうかは自分にはわからない。

自分一人では切り抜けることすら危うかったから、正直なところ助かったという気持ちはある。けれど、必死な顔で追いかけてきたと思えば、コロッと表情を変えて平然と人を騙しているところを見てしまうと、彼の頭の中はどうなっているのか、何を信じればいいのかがわからなくなりそうだった。

——きっと、ロキにはこの程度はなんでもないことなのね……。

リゼは隣に座るロキをじっと見つめ、小さく息をつく。

何せ彼は、四年間も弟のふりをしてきたのだ。

人を騙すのは簡単なことなのだろう。

そのとき、ふと視線を感じて、リゼは何げなくそちらへ顔を向けた。

イザークと視線がぶつかるが、途端に目を逸らされてしまう。

時折、彼はアンナに笑いかけられてなんとか話を合わせていたが、その顔はずっと引きつったままだった。

事情も考えずに行動してしまった自分の愚《おろ》かさを悔《く》いるばかりだ。

いきなり訪ねて来られたところで、今のイザークにとっては迷惑以外の何ものでもなかっただろう。

それに、彼はおそらくロキの正体にも気づいている。

皆がほとんど飲み物に手をつけていない中で、イザークの紅茶のカップはずいぶん前から空になっていた。ロキに話しかけられたときには必ず背筋を伸ばして答えていたから、かなり緊張しているのかもしれなかった。

「それにしても、お二人の関係が羨《うらや》ましいわ」

「どうしてですか？」

「幼い頃から知っている相手と結ばれるなんて、それはもう強い絆《きずな》があるのでしょうから……。私たちは、出会ってまだ四年しか経っていないので、余計にそう思うのかもしれませんが」

「……へぇ、そうなんですか」

「どんな伝手だったのか、主人とは王家の方からのご紹介で縁を結ぶことになったんです。……けれど、はじめの頃は悩んだこともありました。彼があんまり無口なものだから、てっきり嫌われているものと思って……。もちろん、単に口べたなだけというのは、今では理解しています。だから、それはそれでいい思い出ではあるのですけれど、小さな頃から知っていれば気にする必要もなかったでしょうから、やっぱりあなたたちのような関係には憧れてしまいます」

「でも、近すぎるのも考えものだと思いますよ。彼女には、しょっちゅう弟扱いされていますから」

「まぁ……、ふふっ。そういえば、四歳違いだとおっしゃっていましたね」

「……ええ。なかなか手強い年の差です」

そう言ってロキはリゼに目を向けた。

どこまでが演技かわからず、どう反応していいのかわからない。

それなのに、ロキに見つめられて、リゼの心臓は大きく跳ね上がった。

——どうしてよ……。

アンナの話にあった、彼女たちの結婚の経緯だって、明らかにロキが手を回したと思えるものだ。

おそらく、リゼとイザークを別れさせたあと、彼女と引き合わせたのだろう。そのタイミングで王家から紹介されただなんて、そうとしか考えられない。

ロキは本当に酷い人だ。

知れば知るほどそう思うのに、やけに優しい表情で笑いかけるものだから調子が狂ってしまう。

「お母さま。リゼちゃん、顔がまっ赤」

「……ッ!?」

「まぁ、パティったら……。ごめんなさいね」

「い、いえ…っ」

それまでパティはアンナの隣で大人しくしていたが、リゼの顔をじっと見ながら不思議そうに声を上げた。

指摘されるほど赤くなっているとは思わず、リゼは頬に手を当てて俯く。

アンナは苦笑しながら窘めているが、お転婆だと言っていただけあってパティは一度興味を持ってしまうと我慢できない性格のようだ。

パティはソファから下りると、リゼたちのほうにトコトコとやってくる。

興味津々にリゼとロキを交互に見上げると、物怖じすることなく問いかけてきた。

「ねぇ、ロキくんとリゼちゃんは恋人同士なの？」

「え…っ」

「ねぇねぇ、教えて」

愛くるしい目で見上げられて、リゼは口ごもる。

そんな甘い関係ではないと否定したかったが、正直に言うわけにもいかない。言葉を探していると、アンナが眉を下げて代わりに説明してくれた。

「パティも聞いていたでしょう？　二人は婚約しているのよ」

「こんやく？」

「恋人同士ということよ。今度結婚することになったから、こうして挨拶に来てくれたの。わかったら戻りなさい、ね？」

「えーっ、パティ、ロキくんをお婿さんにしようと思ったのに」

「パティ…ッ！　ごっ、ごめんなさい…っ。この子ったら……っ」

これ以上は野放しにできないという判断だろうか。

アンナは慌てて駆け寄ってきて、素早くパティを抱きかかえると、リゼたちに何度も謝罪した。

しかし、パティのほうは状況が理解できていないのだろう。

きょとんとした顔でアンナの頬をつんと指で突き、「お母さまもまっ赤」と言って笑っていた。

「……っく、ふはっ、あははっ」

「……っ!?」

そのやり取りに、今度はロキが笑い出す。

額に手を当てて肩を揺らし、それは愉しそうに笑っていた。

──そういえば、こんなふうに笑うロキを、以前にも見たことがあるような……。

不思議な感覚に囚われながら、リゼはぼんやりとロキを見つめる。そのうちに、またイザークの視線を感じた。

思わず目を合わせてしまったが、先ほどとは違って彼は目を逸らそうとしない。

アンナがパティを宥めている間もイザークはソファから動かず、もの言いたげな眼差しでリゼを見つめ続けていた。

「……っ」

イザークの視線から逃れるように俯き、リゼはこくっと喉を鳴らす。

早くここを出なければならないのに、一体何をしているのだろう。

罪悪感に駆られるリゼだったが、何も知らないアンナは、不意に思いついた様子で笑みを浮かべた。

「よかったら、夕食を食べていきませんか？」

「えっ!?」

「いいんですか？」

「ええ、是非どうぞ。日も暮れてきましたし、お屋敷に戻るまでにお腹が空いてしまいますもの」

「あ…、あのでも……、ご迷惑じゃ……ッ」

それでは、このあと何時間もここにいなければならなくなる。

リゼは慌てて口を挟んだが、アンナはそれを遠慮と受け取ったようだ。屈託のない笑みを浮かべてリゼたちを夕食に誘ってきた。

「迷惑なんてとんでもありませんわ。思いがけず愉しい時間を過ごせて、本当に嬉しいんです。それに、こうして結婚のご報告に来ていただいたのに、なんのおもてなしもせずにお帰りいただくわけには……。ねぇ、イザーク、あなたもそう思うでしょう？」

「え……っ、……あ…、あぁ、そうだな」

「彼もこう言っていますので、是非食べていってください」

「……っ」

どんどん自分の望まぬほうへ進んでいくようだ。

イザークも一瞬ぎょっとした様子で固まっていたが、同意を求められれば、そう答えるしかなかったのだろう。

リゼは助けを求めるようにロキに目を向けた。

皮肉にも、頼りにできるのは彼だけだった。

ロキがここにいる理由は何もない。

なんとか断ってほしいと目で訴えると、彼はリゼをじっと見つめ返してきた。

しかし、彼はその訴えに気づかなかったのだろうか。

「では、お言葉に甘えさせていただきます」

アンナに顔を向けると、ロキはなんの躊躇いもなくそう頷いたのだった。

いつもどおりのロキの涼しげな横顔。

そこから読み取れるものは何もない。

一体、彼は何を考えているのだろう。

イザークの視線をまた感じたが、リゼはもう彼を見ることができなかった。

時間の進み方を異様に遅く感じながら、何事もなく時が過ぎ去るのを、ただ祈るしかなかった。

❀　❀　❀

——その日は、リゼにとって永遠とも思える長い一日だった。

いきなり訪ねてきたにもかかわらず、目一杯の気遣いで振る舞われた料理の数々。

とても食事が喉を通る心境ではなかったが、愉しげな雰囲気を壊すわけにはいかない。

そう思って必死で笑顔を作り、リゼは時が過ぎるのをひたすら待っていた。

ところが、それからさらに一時間ほどが経ったときのことだ。

リゼはまたもロキに振り回されることになり、予想だにしない事態に陥っていた。

「ロキのばか……」

リゼはぽっかりと空に浮かぶ月を窓から見上げ、涙目でぼそっと呟いた。

柱時計はそろそろ十時を指そうとしている時間だったが、あろうことか、リゼはまだキャンベル邸にいた。

こうなったのもすべてロキのせいだ。

本人に言えるわけもないが、いい加減愚痴を言いたくもなる。

今から数時間前、料理人が腕によりをかけたさまざまな料理が並ぶ中、アンナはお祝いだからとワインやシャンパンも振る舞ってくれた。

しかし、これから帰らなければならないのに酔うわけにはいかない。

アンナもそれは理解していただろう。

だからリゼは礼儀として多少口をつける程度に留めてやり過ごしていたのだが、肝心のロキは何も考えていなかった。勧められるままに杯を空けると、それから一時間が過ぎた頃にはすっかり酔いつぶれてしまったのだ。

リゼが今いるのは、キャンベル邸の客間だ。

もちろん、ロキとは部屋を別々にしてもらっている。

部屋には小さなテーブルと二脚の椅子、それからベッドが置かれてあったが、ここで安眠できるほどの図太さはない。

元婚約者の屋敷の前をうろつき、うっかり見つかってしまった挙げ句、嘘をついて彼の家族に祝いの食事を振る舞われる。それだけでも酷い罪悪感で胃が痛むというのに、イザークと同じ屋根の下でなど眠れるわけがなかった。

「明日の朝一番で帰らなくては……」

こうなったら、寝ずに夜を明かすしかない。

頃合いを見計らってロキを起こしに行き、ちょうど皆が起きてきた頃に帰れるようにしよう。せめて一言だけでも礼を言わなければと明日の行動を計画し、ため息交じりに月を見上げた。

ところが、そのとき、

──キィ……。

「……？」

不意に扉が開く音がした。

しかも、その音はやけに近くに感じ、一瞬この部屋の扉かと思った。

けれど、常識的に考えて、他人の部屋をノックもせずに開けたりはしないものだ。

きっと、静かだから音が近くに感じただけだろう。

自分の他にもまだ起きている人がいて、その部屋の扉が開いた音だったのだろうと考えながらもリゼは念のために振り返った。

「──ッ!?」

その瞬間、リゼはびくっと全身を震わせた。

振り返った途端、人影が揺らいだのだ。

リゼは驚きのあまり声も出ない。

不審者だと思って後ずさり、後頭部を壁にぶつける。

ごつっと鈍い音がしたが、痛みを感じるどころではなかった。

「なんだ、起きてたのか」

「……、……え？」

しかし、その直後、覚えのある声が部屋に響いた。

それからすぐにパタンと扉が閉まり、ひたひたと足音が近づいてくる。

月明かりでその姿がぼんやりと浮かび、近づくにつれて徐々に輪郭がくっきりと見えてくる。彼が目の前まで来た頃には、改めて確かめる必要もなくなっていた。

「……ロキ、どうして」

「変な音がしたけど、頭でもぶつけたのか？」

問いかけには答えず、ロキはリゼの顔を覗き込んでくる。

一応、驚かせた自覚はあるのだろう。リゼの頭に手を伸ばすと、彼は探るような手つきで後頭部に触れてきた。

「この辺りか？」

「え、えぇ…」

「痛みは？」

「……そんなには」

「ならよかった」

ほっとした様子で息をつきながらも、ロキは心配そうにリゼの頭を撫で続ける。

なんだか、優しすぎて不気味だ。

最近は彼の横暴さに傷つけられてばかりだったから、急にそんな顔をされると戸惑ってしまう。

「あの…、もしかして、まだ酔ってるの……？」

「いや、もう醒《さ》めてるけど。酔ってるように見えるか？」

「だって…、優しいから変だと思って」

「……酷い言いぐさだな」

「あ…」

思わず本音が出てしまった。

じろっと見られてリゼは慌てて口を噤む。

すると、彼はそこで撫でるのをやめて、憤った様子でリゼを抱き締めてきた。

「あっ、何を…っ」

「なんだよ、あいつの屋敷だから胸が高鳴って眠れないのか？」

「……え」

一瞬、ここで押し倒されるのかと思った。

しかし、ロキは少し怒った口調でぼそっと呟き、僅かに腕に力を込めただけで、それ以上のことをする様子はない。

リゼは密かにほっと息をついたが、同時にむっとした。

――どうしてロキがそれを言うのよ……。

こうなった原因は彼にもあるのに、どうしてこんな嫌味を言われなければならないのだろうか。

もちろん、黙って屋敷を飛び出したうえに、イザークの屋敷の前をうろついていた自分が一番悪いのはわかっている。

けれど、イザークの屋敷に行く約束をしていたなどと嘘をついたのはロキだ。

それが誤魔化すための嘘だったにしても、アンナに食事を誘われたときにロキが断ってくれればこんなことにはならずに済んだし、酔いつぶれるほど酒を飲まなければ泊まる必要もなかった。リゼは一刻も早くここを立ち去りたかったのに、ロキがそれをさせてくれなかったのだ。

「眠れるわけないでしょ!?　ロキのばか…ッ！　酔っ払い！」

神経をすり減らした一日を思い出し、リゼは我慢できずに彼の胸を叩いた。

頭の隅ではとんでもない暴言を吐いているとわかっていたが、感情が高ぶって言葉を選べなかった。

「……っは、散々な言われようだ」

ロキは喉の奥で笑いを噛み殺し、さらにリゼを強く抱き締めた。

首元にかかる熱い吐息。

リゼはびくっと肩を揺らして、嫌な予感に身を捩った。

「いや……ッ」

今日だけは嫌だ。

何もしてほしくない。

力尽くでこられたらどうしようもないのはわかっていたが、これ以上のことは絶対にしたくなかった。

「あっ、やめ……ッ」

けれど、彼はそんな抵抗などものともしない。

苛ついた様子でリゼを抱き上げると、そこから数歩ほど先にあるベッドに向かい、無理やり押し倒してきた。

「きゃあ…っ」

「人の気も知らないで好き勝手言って……っ」

ロキはそう言って、切羽詰まった様子でリゼにのしかかる。

性急な動きで首筋に口づけられ、服の上から乳房をまさぐられた。

「……んっ、いや、いや……っ」

どうして今日くらい何もせずにいてくれないのだ。

どうしてロキは、自分のことばかりで人の気持ちを考えてくれないのか。

リゼは彼の肩を叩いて激しく暴れた。

このままなし崩しで抱かれるのだけは絶対に嫌だった。

「絶対いや…ッ！　こんなところでしたらロキを一生許さないから……っ！　あなたを嫌いになるから……ッ！」

「――ッ!?」

その強い拒絶に、ロキはびくっと肩を震わせる。

ここまで抵抗されるとは思わなかったのか、彼はこれ以上ないほど目を見開き、かなり驚いているようだった。

リゼは目に涙を浮かべて彼を睨む。

それでもきっと、ロキには何を言っても響かない。

このまま無理にでも抱くに違いない。

リゼはそう信じて疑わなかった。

しかし、その直後、ロキは怯《ひる》んだ様子でぱっとリゼから離れた。

「……ッ、くそ……っ」

そう言って、悔しげに顔を歪めると、ふてくされた様子で背を向ける。

苛立ちをあらわにガシガシと髪を掻き上げ、彼はリゼから少し離れた場所で横になった。

「……え?」

僅かに揺れるベッドで、リゼはぱちぱちと目を瞬かせる。

何が起こったのかすぐには理解できず、ただ呆然と彼の背中を見つめていた。

――もしかして、やめてくれたの……?

ややあってその可能性に気づいたが、確かめる勇気はない。

互いに身じろぎもせず、部屋にはしばしの沈黙が流れた。

だが、しばらくしてロキはもぞもぞと動き出す。

寝返りを打ってリゼのほうを向くと、拗ねたように問いかけてきた。

「……隣で寝るだけでもだめなのか？」

「え？　え、えぇ…。そう…ね。それくらいなら……」

「……、……そう」

リゼがぎこちなく頷くと、ロキはほっとした様子で身を起こした。

そのままリゼのほうへと近づき、また横になって静かに目を閉じる。

本当なら一緒の部屋で夜を過ごすことを問題だと思うべきかもしれない。

――我慢…、できるの……？

けれども、すっかり感覚が麻痺してしまっていたリゼは、僅かに身体が触れる程度で隣に寝転がるロキを見て、彼が我慢していることのほうに驚いていた。

なんだか、すごく調子が狂う。

こんなふうに、彼と夜を過ごすのははじめてだった。

リゼはさり気なくロキの横顔を見つめる。

彼の瞼は閉じられていたが、眠っているわけではないようだ。

リゼの視線に気づいて目を開けると、ロキはこちらに顔を向けて、濡れた瞳でじっと見つめてきた。

そのままリゼに手を伸ばそうとして、ぴたりと動きを止める。

どうやら『隣で寝るだけ』という自分の言葉を思い出したようで、やり場のないその手を開いたり閉じたりしながら引っ込めた。

リゼは驚いて目を丸くした。

まさか、本当にやめるとは思わなかった。

——もしかして、嫌いになると言ったから……？

それとも一生許さないと言ったからだろうか。

どちらにしても、ロキは嫌がるリゼを無理やり抱くことはしなかった。今は触れることさえ我慢して、リゼを黙って見つめているだけだ。

「……っ」

次第に目頭が熱くなってきて、リゼはロキに手を伸ばす。

そんな目で見ないでほしいと、彼の両目を手のひらで覆い隠した。

ロキはその行為を黙って受け入れ、リゼの手にすり寄るような仕草で顔を寄せてくる。

——こんなのずるいわ……。

リゼの目からは大粒の涙が零れ、頬を伝った雫がシーツを濡らした。

傷ついたような目で見られたら、どうしていいかわからなくなる。

どうして、彼を嫌いになれないのだろう。

肝心のところで拒みきれない。

心の底から憎むこともできない。

ロキと過ごした日々を、すべて偽りだったと割り切ることができたなら、どれほど楽だろう。

悔しくて、リゼは彼の頬を軽くつねった。

ロキはやや驚いた顔をしていたが、それも黙って受け入れていた。

「……本当にほしいものに限って、どうしていつも……」

やがて、彼はぽつりと呟く。

「……え？」

「いや…、なんでもない……」

ロキは目を伏せ、自嘲ぎみに笑う。

苦しげに眉を寄せるその表情が、やけに胸に刺さった。

まるで泣いているように思えて、リゼは彼の表情を食い入るように見つめる。彼の中に芽生えた葛藤を、はじめてまともに見た気がした。

だが、

――コン…、……コン……。

そのとき、静寂に包まれた部屋に微かな音が響いた。

互いの呼吸音が聞こえるほどの静けさの中で耳にした音は、眠っていたなら気づかないほど小さなものだった。

しかし、だからこそ、その音がやけに引っかかる。

リゼは身を起こして扉に目を向けた。

たとえそれがノックの音だとしても、こんな時間に誰が部屋を訪ねてくるというのだろう。

「……」

しばらく息をひそめていたが、それ以上音は鳴らなかった。

気のせいということも考えられたが、ロキも扉に目を向けていた。

リゼはこくっと喉を鳴らし、確かめるためにベッドを下りる。それに驚いたのか、ロキが息を吸い込む音が聞こえたが、リゼは構わず扉に向かった。

「……、……はい」

扉の前に立つと、リゼは躊躇いがちに返事をした。

これで何も返ってこなければ、あの音は気のせいだったのだろう。

そう思って、扉は開けなかった。

「──…リゼ……」

けれども、僅かな間を置いて声が返ってきた。

躊躇いがちな低い声。

それは紛れもないイザークのものだった。

「イ…ザーク…さま……？」

「……こんな時間にすまない。……少し…、君と話がしたい……」

「え…っ」

「だめ…だろう…か……」

彼の言葉にリゼは息を呑む。

迷いを感じさせる途切れ途切れの言葉。

途端に心臓の音が速まり、リゼはドアノブに目を落とす。聞き逃しても不思議ではないほどの小さなノックの音は、彼の躊躇いを表していたのだろうか。

だが、ここを開けていいのか判断がつかない。

ほんの少し話をするだけ……。

それなら、許されるだろうか……。

リゼは震える手でドアノブに手を伸ばそうとした。

「……あっ」

だが、ドアノブに触れる寸前、手首を摑まれてしまう。

小さな驚きの声を上げると、同時に後ろから抱き締められた。

頰に熱い息がかかり、それがロキのものだとわかってリゼは身を強ばらせる。

いつの間にこんなに近くまで来ていたのだろう。ロキはリゼを咎めるように、少し強めに耳たぶを甘噛みしてきた。

「……んッ」

「……リゼ…、どうかしたのか？」

「な…、なんでも…、ありません……」

「……」

「あの……、こ…このまま……、扉越しでは……だめでしょうか……」

こんな状態を見られるわけにはいかない。

リゼは息を震わせ、途切れ途切れに答えた。

ロキはきつくリゼを抱き締めてきたが、それ以上は何もしてこなかった。諦めたように息をつき、一応許してくれたのかもしれない。

「……リゼ、君は今……、幸せか……？」

程なくして、扉の向こうからイザークの囁きが聞こえた。

「え…？」

「いや…、幸せなら……、それでいいんだ。……、……だが…、それなら今日ここに来たのは、なぜなのかと……」

「……っ」

彼はわざわざそれを聞きに来たのだろうか。

優しいところはあの頃のままだ。四年も経って突然リゼが姿を見せたりしたから、何かあったのではないかと心配してくれたのだろう。

けれど、リゼは何も答えられない。

そんなことを考えられる余裕など、今の自分にはまったくなかった。

「噂は、耳にしていた……。俺たちが婚約を解消して間もなく、ヘンドリック家に身元の知れない少年が引き取られたと……。その少年が『彼』だったんだろう？」

「……はい」

「この四年……、君が彼とどう過ごしていたのか俺にはわからない……。本当のことを言えば、つい先日、もうじき君が結婚するという噂を耳にして、苦い過去を思い出したばかりだった。だが、あれから四年だ……。君はとうに俺のことなど忘れ、彼と幸せに暮らしているものと思っていた。だから今日、君を見たとき、何が起こったのかわからず頭が真っ白になった……」

「……」

「リゼ……、正直に答えてほしい。君は、どうしてここに来たんだ？　もしかして、彼と結婚するのが嫌で逃げ出してきたのか……？」

「そ、それは……っ」

　核心を突く問いかけに、リゼは口ごもる。

　ロキの腕に力が込められたのがわかったが、イザークの言葉を否定することはできなかった。

「リゼ、扉を開けてくれ」

「……えっ」

「少しでいい。君の顔を見たいんだ」

まさかイザークがそんなことを言い出すとは思わなかった。

「で、できません……っ」

リゼは唇を震わせ、扉に向かって首を横に振る。

顔を見て、それでどうなるというのだ。今さら何がどう変わるというのかと、リゼは動揺しながら何度も首を横に振った。

彼もそれはわかっているはずだ。

それなのに、苦しげに息をつくのが扉越しに伝わってくる。

扉に手をかけたのか、コツ…っと響いた音に、リゼの心臓は大きく跳ね上がった。

「ずっと…、思い出さないようにしていたんだ……っ。身を引き裂かれる想いで君と別れた直後、俺は王家筋からいきなりアンナを紹介されて結婚を余儀なくされた……。彼女は優しい女性だ。不満などなかった。俺にはもったいないほどだった。……しかし、俺にとって君はあまりにも特別だった。あんな別れ方をしてしまったことが、ずっと心に引っかかっていた。子供が生まれてからも、その想いは消えなかった。あれでよかったのか、他に道があったのではと、どこかで後悔し続ける自分がいた」

「や…、やめてください、それ以上は……っ」

「ならば、どうして君はここに来たんだ？　俺に会いに来たんじゃないのか？」

「ですから、それは……」

声は抑えているが、ここまで感情をあらわにしたイザークははじめてだった。

とても穏やかな人だったのだ。

こんなふうに想いをぶつける人ではなかった。

「リゼ…ッ、本当のことを言ってくれ。もしも君が幸せでないというなら、俺は…――」

「――っ」

彼が言いかけた瞬間、リゼは強く目を瞑った。

これ以上、踏み込んではいけない。

そんなことは絶対に許されない。

本当に温かな家族だった。

無口なイザークの代わりにアンナがたくさん喋り、元気なパティが笑顔でそこら中を駆け回る。

今日見たものは、この四年の間に築いた彼の幸せだったのだ。

彼の隣にいるのは自分ではない。

自分たちは、とっくに別々の道を歩んでいたのだと、それがわかった一日だった。

――だから、これでいいのよ……。

リゼの目から大粒の涙がころんと零れ落ちる。

不自然なほどの静寂だった。

途中から、イザークの言葉はリゼには聞こえなかった。

振り向くと、ロキと目が合う。

彼は血が滲むほど唇を噛みしめていた。

その大きな手でリゼの耳を塞ぎ、駄々を捏ねる子供のように『聞くな』と言っているようだった。

――なんて顔をしてるの……。

リゼは唇を震わせながら、小さく息をつく。

彼がこうしてくれたことに、胸を撫で下ろしていたのかもしれなかった。

リゼは大きく息を吐き出して前を向いた。

本当にばかなことをした。

過去に逃げてどうするつもりだったのだろう。

あの頃の自分は、もうどこにもいないのだ。

ロキに耳を塞がれたままだったが、構うことなく扉を開けた。

「――ッ!?」

扉を開けた瞬間、イザークが息を呑んだのがわかった。

こんなところをいきなり見せられて、彼はさぞ驚いたことだろう。

動揺でイザークの瞳が揺らいでいる。

さっき、彼はなんと言ったのだろう。

自分が四年前に聞きたかったことを言ったのだろうか……。

なんとなくそれはわかったが、リゼは気づかぬふりをして微笑みかけた。

「やっぱり…、帰ります……。今日は突然来てしまったのに、温かなおもてなしをありがとうございました……。皆さんに、よろしくお伝えください……」

「……リゼ…」

それだけ言うと、リゼはロキの手を掴んで部屋を出る。

最初から、こうすればよかった。

イザークが部屋に来たとき、ロキがいることを告げておけばよかった。

早歩きで廊下を進むと、程なく玄関ホールに辿りつく。

幸い夜も遅く、皆、すっかり寝入っているようだ。ここに来るまで人の気配がなかったことに息をつき、リゼは音を立てないように扉を開ける。

外に出ると夜風がさぁっと吹き抜け、長い髪が揺れた。

今夜は月が明るい。

ゆっくり帰れば大丈夫だろう。

むっつりと黙り込んでいるロキを引っ張り、リゼはまたすぐに歩き出す。

彼は厩舎に向かう間も眉根を寄せて機嫌が悪そうだったが、こんなところで足を止めたくない。

文句があるならあとで聞くから、今は何も言わないでほしい。

どのみちこれから彼の馬で何時間もかけて帰るのだからと、そんな訴えを込めてロキの横顔を見上げた。

「……馬を連れてくる。ここで待っててくれ」

「ええ、わかったわ」

ロキは渋々といった様子で厩舎の中に入っていく。

リゼはほっと胸を撫で下ろし、厩舎の入口で彼の背中を目で追いかけた。

だが、そのとき、不意に屋敷のほうから足音が近づく。

それに気づいて振り向こうとした瞬間、

「——リゼ……ッ！」

突然名を呼ばれて手首を摑まれた。

強い力に驚いて顔を上げ、リゼは思わず目を見開く。

「イ…、イザークさま……っ!?」

まさか、自分を追いかけて来たのだろうか。

息を乱したイザークの顔は、これまで見たこともないほど苦痛に歪んでいた。

その表情を呆然と見上げていると、イザークは肩で息をしながら、その苦しい胸の内を吐き出すように声を上げた。

「あのとき、君を連れて逃げていたらと、何度考えたかわからない……っ！」

「……ッ」

「どうしてあのとき、俺はすべてを捨てる覚悟を持たなかったのか……ッ、権力に立ち向かうことなく諦めてしまったのか……ッ！　そうしていれば、今頃俺たちは同じ道を歩んでいたのではないかと何度も悔やんだ……っ！」

いつも穏やかだった眼差しを情動で染め上げ、彼はリゼを射貫く。

けれど、彼の決断を誰が責められるというのか。

自分が彼の立場ならどうしたのかと想像すれば、おのずと答えは出る。これがイザーク が悩み抜いて出した答えだとわかるからこそ、後悔などしてほしくなかった。

「――自分自身で選んだ道だろ？　今さら何を後悔するっていうんだ？」

だが、そのとき背後から声が響いた。

ハッとして声のほうを振り向くと、ロキが馬を連れて厩舎から出てくるところだった。

「まったく今日はなんなんだ。まるで厄日だな……」

彼は呆れた様子でため息をつく。

しかし、見る間に彼は無表情に変わり、途中で言葉を止める。ロキはその場に馬を待たせると大股で近づき、怒りに染まった眼差しでイザークの手を捻りあげた。

「気安く触るな…ッ！　リゼはもうおまえの女じゃない！」

「……っく」

「今さら、なんのつもりだ…ッ!?　戯《ざ》れ言でリゼを惑わせ、俺から奪おうとでもいうのか!?　笑わせるな…っ！　おまえはリゼを選ばなかった。それだけのことだ！」

「……あなたに…ッ、何がわかるというんだ……ッ!?」

「わかるわけがないだろ。なぜ俺がおまえのことを理解しなければならない？」

「……ッ」

「っは、勘違いするなよ。俺だって世の中すべてが思いどおりになるとは考えていない。時には、諦めねばならないこともあるだろう。だからこそ、手が届きそうなものを指をくわえて見ているような真似はしない。……俺は、どうしてもリゼがほしかった。手段など選んでいられる状況ではなかった。ならば、奪うしかないだろう。諦めるなんてごめんだ。本当にほしいと思うなら、手を尽くすに決まっている……ッ！」

「――ッ！」

「たとえ、四年前におまえがリゼを連れて逃げたとしても結果は変わらない。俺はリゼを奪うためにどこまでも追いかけただろう。それでリゼに恨まれようが手放しはしない。俺は自分のしたことに後悔はしない。絶対にだ…ッ！」

ロキは獣のような眼差しでイザークを射貫いた。

なんて横暴な人だろう。

なんて酷い男だろう。

「……っ……」

傍で聞いていたリゼは唇を震わせる。

けれども、彼なら本当にそうしたはずだ。

逃げても強引に奪われて、彼のものにされていたに違いない。

なのにそれを想像しても、もう怒りすら湧いてこない。

ロキには何一つ迷いがない。清々しいほど目的がはっきりしている。

そして、そのためなら手段は選ばない。

こんな人に、どうしたら勝てるだろう。はじめから太刀打ちなどできなかったのだと、そんなふうに思ってしまった。

「……リゼ、帰るぞ」

ロキは低い声でそう言うと、リゼに目を向けた。

確かに、ロキの言葉は正しいのだろう。

イザークはそこまで踏み切れなかった。

リゼを諦めて身を引いたからこそ今がある。

当然それは、リゼ自身にも言えることだ。

あのときの自分は泣き暮れるばかりで、イザークに会いに行くことさえしなかった。

みっともなくもがくこともせず、泣いて泣いてひたすら泣いて、いつしか過去にしてしまった。

そういう意味でも、自分たちははじめからロキに負けていたのだ。

これほどの激しさを持つ相手には、すべてを捨てる覚悟で挑まなければならなかったのだから……。

「リゼ、早く」

「……あ」

ロキに手を取られ、リゼは馬上に急かされる。

リゼは大人しくそれに従おうとしたが、躊躇いがちにイザークに目を移す。彼は一言もロキに反論できず、悔しげに唇を噛みしめていた。

きっと、彼の気持ちがわかるのは自分だけだ。

しかし、その感情をぐっと抑え込むと、リゼは意を決して口を開いた。

「イザークさま…、私は、あなたが間違っていたとは思いません」

「……リゼ？」

「だって私を選んでいたら、あなたは家族を失っていたかもしれないのです。一生消えない傷を抱えるところでした。もしかしたら、あなた自身もこの世から消されていたかもしれない。そんな悲劇、誰が望むでしょうか。……だから、あなたの選択は正しかったのです。どうか、後悔などなさらないでください。あなたはとても優しい人です。私は、あなたがそういう人でよかったと心から思っています……」

「……っ……」

イザークは息を震わせ、必死に感情を抑え込もうとしていた。

自分は何かを壊しに来たわけではない。

だから、彼には一時の感情に流されてほしくなかった。

「──さよなら…」

掠れた声で告げると、リゼはロキの愛馬に手をかける。

すぐさまロキも馬に乗り、リゼを抱えるようにして手綱を握った。

イザークはそれを一瞬追いかけようとする素振りを見せたが、ぐっと堪えて深く息をつくと、リゼに向かって微かに頷いた。

その直後、馬は走り出す。

そのままイザークの屋敷の門を飛び出し、立ち止まることなく猛然と進んでいく。

リゼは蹄の音を聞きながら、夜空を見上げようとした。

けれど、感傷に浸《ひた》る間もなく後ろからぎゅうっと抱き締められて、首筋にロキの息がかかった。

「……今日のことは最大限の譲歩だ。もう二度としない」

「ロキ…？」

「だから……、もう忘れろ……」

「……っ」

ロキはさらに強くリゼを抱き締め、掠れた声で囁く。

その瞬間、リゼは今日の彼の不可解な行動をようやく理解した。

彼は、そのために嘘をついてイザークの屋敷に上がり込んだのだ。

酔いつぶれたのも、わざとだったのだ。

ならば、イザークが部屋を訪ねてくることも、彼は予想していたのかもしれない。

それらはロキにしかわからないことだったが、今の言葉がすべてを物語っているように思えて、リゼの目から涙が零れ落ちた。

「……もう…、泣くな……」

ロキはリゼの手を握り締める。

だが、しばらくこの涙は止まりそうもない。

ロキのせいで止まりそうもなかった。

月明かりの下、馬は迷いのない足取りで駆け抜けていく。

これが正しい道かどうかはわからなかったけれど、リゼは嗚咽を漏らしながら前だけを見つめていた——。

❀　❀　❀

来るときには賑わいを見せていた通りは、すっかり夜の闇に呑まれていた。

キャンベル邸を出たあと、リゼたちは来た道を戻って街の中央通りを駆け抜けていたが、人の姿はどこにも見当たらない。

——なんて長い夜なの……。

辺りに響くのは、自分たちを乗せた馬の蹄の音だけだ。

る。

規則正しく通りを駆け抜けるその音を少し寂しく思いながら、リゼは小さく身を震わせる。

昼は暖かくとも、夜はさすがに寒い。

馬上では余計に風を受けて身体が冷えるうえに、衝動的に屋敷を出て来たから上着も持っていない。

だから、背に感じるロキがやけに温かい。

彼は後ろからリゼを抱き締めたままで、ずっと黙り込んでいる。

けれど、今は何を言われても、まともに答えられそうもない。普段どおりの会話などとてもできそうになかったから、リゼも口を開こうとしなかった。

「——リゼ、少し休憩しよう」

ところが、大通りを抜けて間もなくのことだ。

ロキはぽつりと言うと、突然馬を止めた。

さすがに彼も疲れたのだろうか。

温かなベッドが恋しかったが、まだ先は長そうだ。

リゼは促されるまま大人しく馬を下りた。

すぐ傍の樫の木にロキが馬を繋げるのを視界の端で捉えながら、リゼは辺りに目を向ける。

周囲は民家が建ち並んでいるが、ここは小さな広場になっているようだ。

人々はとうに眠りに就いているようで、灯りのついた家は一軒もない。

確かに、休憩するにはちょうど良さそうな場所ではあった。

ふと、視線を感じて顔を向けると、ロキと目が合う。

もの言いたげな眼差しを向けられて、リゼはこくっと唾を飲み込んだ。

何か言いたいのだろうか。

屋敷を飛び出したことを責められるのだろうか。

――せめて今日だけは何も言わないでほしい……。

まだ気持ちが整理できていないのだ。

ロキがしたことに憤る気持ちが消えたわけでもなかった。

このままでは些細なことで感情が高ぶってしまいかねないと思い、リゼは胸を押さえて俯いた。

「……少し…、ここで待っててくれるか？」

「え…？」

すると、ロキは躊躇いがちに口を開く。

思わぬ言葉にパッと顔を上げると、彼は辺りをぐるっと見回していた。

「すぐに戻る！」

「あ…っ」

彼はそれだけ言い残し、やけに急いだ様子で身を翻した。

まだ返事もしていないのに、すぐに彼の背中は遠ざかり、あっという間に姿が見えなくなってしまう。

リゼは唖然として立ち尽くし、小さく咳払いをする。

もしかして、ロキは生理的現象を催して、急に休憩しようと言い出したのだろうか。

もう何時間も前のことだが、ロキはかなり酒を飲んでいた。

そういうことなら、あの行動も納得できる。きっと用を足しに行ったのだろうと思い、リゼは近くの古びたベンチに腰かけた。

「……こんな夜ははじめて」

馬を走らせて三十分も経っていないはずだが、すでにここがどこかもわからない。

イザークの屋敷には何度も来たことがあったのに、田園風景を抜けたあとに広がる賑やかな街並みしか記憶にない。印象に残る場所しか覚えていない自分に苦笑すると、リゼはぼんやりと月を眺めた。

キャンベル邸でも窓辺から夜空を眺めていたが、なぜかあのときとは違って見える。

まださほど時間が経っていないというのに、あの場所で過ごしたことがずっと遠い昔のように思えてならない。

――最後に、自分の言葉で直接別れを言えたからかもしれない……。

苦しく辛い過去だった。

必死で忘れた過去だった。

それなのに、結婚を夢見ていた十六歳の自分を思い出して、何も考えずにここまで来てしまった。

「本当にばかね……」

彼を逃げ場にして、どうするつもりだったのだろう。

冷静に考えれば、跡取りのイザークが独り身のままでいるわけがない。

たとえロキが手を回さずとも、自分以外の誰かと結婚していただろう。

あれから、もう四年が経つのだ。

自分だって、あのときと同じような胸の痛みはない。

本当は、彼の隣にいるのは自分だった。

そう思うと切なさは込み上げたが、イザークが築いた幸せを目にしてほっとする自分もいた。

過ぎ去ってしまった日々を取り戻すことはできない。

選んだ道を進んで行くしかないのだ。

そう思えるほど、時が流れたということなのだろう。

だからいつか、この胸のわだかまりが解ける日もくるのかもしれない。

今は真実を知ったばかりで混乱しているけれど、それも含めて懐かしい思い出に変わるのかもしれない。

「……っ」

リゼは溢れる涙を隠すように、手で顔を覆った。

ロキと過ごした四年間を思い出すと、涙が止まらなくなる。

簡単に割り切れたなら、どんなによかっただろう。

すべてが嘘だったのだろうか。

何もかもが、演技だったのだろうか。

さまざまな思い出が頭の中をぐるぐると駆け巡る。

リゼが憤るのは、イザークのことだけではないのだ。

ロキの何を信じればいいのかわからなくなってしまった。

信じ切っていたからこそ、余計に苦しかった。

いっそ彼に対して心を閉ざしてしまったほうが楽に違いない。

しかし、自分にとってロキはそんなことができるような、どうでもいい相手ではなくなっていた。

——ガサ…ッ。

そのとき、近くで物音がした。

ロキが戻ってきたのだろうと思い、リゼは慌てて涙を拭いて呼吸を整える。今さらだと思っても、何度も泣き顔を見られるのは嫌だった。

コツ…、……コツ……、……ガサ……。

足音が近づいてくる。

しかし、なんだか少し様子がおかしい。

やけにゆっくりとした足取りで、歩いては立ち止まっているのか、なかなかやってこないのだ。

「……ロキ？」

不思議に思ってリゼは後ろを振り向く。

足音のする辺りに目を凝らすと人影が見えた。

恰幅のいい体軀、背はさほど高くない。

その影の輪郭は見知ったものとはまるで違っていた。

——違う、ロキじゃない……っ。

明らかにロキとは別人だとわかり、リゼは目を見開き固まってしまう。

ロキ以外の誰かだなんて考えもしなかった。しかも、こんな時間に出歩いている者がいるとは思わなかったのだ。

「おぉ…、綺麗な女だなぁ……」

やがて、月明かりでその姿が徐々に見えてくると、男はふらふらしながら薄ら笑いを浮かべた。

——酔っ払い？

その男は、おそらくどこかで飲んだ帰りだったのだろう。

足下が覚束ない様子に、リゼは顔を引きつらせる。

知り合いでもないのに、彼はどうして近づいてくるのだろう。ただでさえ見知らぬ若い男と夜更けに二人きりという状況は避けたいのに、酔っ払いとはさらにたちが悪い。

リゼは自分の心臓がドクドクと拍動する音を耳にしながら、どうすべきかを必死に考えるが、下手に動くと相手を刺激する気がしたのでその場に留まった。

そのうちに男はベンチに近づき、隣にどかっと腰かけてきた。

「やぁ、お嬢さんっ。こんな夜中に、一人でどうしたんだい？」

「……ひ…っ、人を…待っているんです……」

「へぇ…？　だーれも見かけなかったけどなぁ……。相手は女……のわけねぇか」

「え…、えぇ……。男性です……」

「だよなぁ……。こんな別嬪《べっぴん》、男が放っておかねぇよ」

「あ…、ありがとうございます……」

男は無精髭を弄《いじ》りながら、しげしげとリゼを眺めている。

だが、少し近づいただけなのに、彼は信じられないほど酒臭かった。

どうりでふらついていたわけだと納得しながら、リゼはさり気なく顔を背けた。新鮮な空気を求めて息を吸い込むと、酒の臭気も口に入ってきて咽せそうになる。

この人は、一体どれだけ飲んだのか。

「はぁ…、しかし、世の中にこんな綺麗な女がいるなんてなぁ……。なんだか、夢を見てるみたいだ。……なぁ、聞いてくれよ。俺の母ちゃんと姉ちゃんは、俺とそっくりなんだよ。女とは思えないだろ？」

「い…、いえ…、そんなことは……」

「あぁ、声も綺麗だなぁ……」

喋っている間も、酒の臭いが広がっていくようだ。

リゼはさり気なく周りを見て逃げ場を探す。

今のところ、男はうっとりとリゼを見ているだけで手を出してくる様子はないが、これ以上絡まれたらどうなるかはわからない。

ならば、今のうちにこの場を離れるべきかもしれない。

これだけ酔っている相手なら簡単に逃げられるかもしれないと思い、リゼは意を決して立ち上がろうとした。

「きゃぁ…ッ!?」

けれど、立ち上がる寸前で男に腕を摑まれてしまった。

「なぁ、どこに行くんだよぉ。あんた、男を待ってるんだろ？　だったら、ここにいなくちゃだめだろぉ……」

男は甘えを含んだ声音でリゼを窘めるが、その力は思いのほか強い。そのうえ、触れられた部分から男の熱が伝わってきて、ぞわっと怖気が走った瞬間、リゼは彼の手を力いっぱい振りほどいた。

「放してください…ッ！」

「な、なんだ？　いいだろこれくらい」

「あっ、ちょっと何を…っ!?」

「あぁ…、柔らかい肌だなぁ」

「いやっ、触らないで…ッ、やめてください…ッ！」

いくら振りほどいても、男はしつこくリゼの腕を触ってくる。

――なんでこんなことに……っ。

熱い手の感触が気持ち悪くて吐き気がしたが、このままでは埒が明かない。

これ以上調子づかれる前になんとしても逃げなければと、リゼは涙目になりながら男を突き飛ばそうとした。

その直後、

「――うわ…ッ!?」

男はいきなり悲鳴を上げた。

「……え？」

その身体はベンチから吹き飛ぶように、一瞬で宙を舞う。

男が驚愕で目を見開くのが、やけにゆっくりと見えるのが不思議だった。

だが、リゼもまた同じように目を丸くしていた。

突き飛ばそうとは思ったが、まだ何もしていないのだ。

だから、どうしていきなり男が吹き飛んだのか理解できなかった。

「う…ッ」

呆然としていると、男は弧を描くように地面に落下した。

衝撃で低い呻きを上げ、地面に横たわるのを見て、リゼはぱちぱちと目を瞬かせる。

もしかすると、自分がやったのだろうか……。

この場には他に誰もいないのだ。本当は彼を突き飛ばしていたのかもしれないと、自身の両手をじっと見つめた。

しかし、それから程なく、「ぐぇ…」という蛙が潰れたような呻きが聞こえて目を戻すと、男の胸元を踏みつけるロキの姿が目に飛び込んできた。

「え…っ？」

「少し目を離した隙に、何気安く人の女に触ってんだ……っ」

「ぐ…、ぐうぅ……」

「身の程を弁えろ！　おまえのような下種《げす》が触れていい女じゃない……ッ！」

彼はリゼの悲鳴を聞いて駆け戻ってきたのだろうか。

ロキは燃えるような怒りを目に宿し、肩で息をしていた。

だが、こんなふうに人を踏みつける様子を黙って見ているわけにはいかず、リゼは慌ててロキの腕にしがみついた。

「やっ、やめて…ッ、やめてロキ！　もういいから…ッ！」

「なぜ止めるんだ!?」

「だってこの人、酔っ払っていて……っ」

「だからどうした！　他の男に触れられて、許せというのか!?」

「何言ってるのよ、こうなったのは全部ロキのせいじゃない……ッ！」

「な…ッ!?」

リゼの反論にロキは目を見開く。

男は踏みつけられて苦しそうに目を閉じているが、完全に意識が飛んでいるわけではないようだ。しかも、よくよく見れば、暢気にもぐもぐと何かを食べる仕草をしていて、このまま眠ってしまいそうだった。

頑丈な人でよかった。大事にならずに済みそうだ。

リゼは胸を撫で下ろし、ロキをじろっと睨む。

彼は納得のいかない顔をしていたが、その睨みでたじろいだ。しかし、それに構うことなく、リゼはこれまでの鬱憤をぶつけるように声を上げた。

「こんなところで休憩しようと言ったのは誰よ!?　私を一人にして、どこかへ行ってしまったのはロキでしょう!?」

「それは…っ」

「すぐに戻ってくると思ったのに、なかなか戻らないし……っ、そのせいで酔っ払いに絡まれたんでしょうっ!?　何もかも、悪いのはロキじゃない…ッ。どれだけ人を振り回したら気が済むのよ…ッ！　いい加減にしてよっ！　権力があれば、人の心を踏みにじってもいいの!?　踏みにじられたほうの気持ちはどうでもいいことなの…ッ!?」

「な、なんの話を……」

「どうしてこんな酷いことができるの…ッ!?　どうして平然としていられるのよ！　四年も……、四年もずっと騙していたなんて……っ」

「……っ」

「そんなの許せるわけないわ……ッ！」

これではあまりに支離滅裂だ。

自分でも、途中から何を言っているのかよくわからなかった。

そう思うのに、これまでの憤りが噴出して止まらなくなった。怒りをぶつけているうちに涙が頬を伝い、腹立ち紛れに彼の胸をどんと叩く。

ロキは困惑した様子で立ち尽くしていたが、ややあって手を伸ばそうとしてきた。

「いや…ッ！」

だが、リゼはその手を強く払う。

パン…ッと乾いた音が響き、ロキは自分の手を呆然と見つめる。

「……リ…ゼ？」

「ロキは…、他人の人生をねじ曲げたのよ……っ。それがどんなに罪深いことか、どうしてわからないの……？　私の身体だって……、好き勝手にして……ッ。あなたは奪うことばかりだわ……ッ！　だから逃げたくなったのよ……ッ！　ロキの何を信じればいいのかわからないんだもの……ッ、幸せな未来が描けないんだもの……ッ！」

「……ッ！」

「考えてもわからないのよ……。ねぇ、ロキは私の何をそんなに気に入ったの？　あなたは本当に私を好きなの？　ただ愉しんでいるだけ？　奪い尽くしたら、あとはどうするつもり？　飽きたら捨てるの？　そうして、次の玩具《おもちゃ》を探すの？」

「な…ッ、そんなことするわけないだろ!?」

「信じられるわけないじゃない。ロキは平然と人を騙せるんだもの」

「……ッ、だったら…ッ、どうすれば信じるんだよ!?」

「そんなの知らないッ！　自分で考えてよ……ッ！　壊したのはロキのほうでしょ!?　信じてたのに…ッ、ずっとロキを信じてたのに……っ！」

「――っ」

いくらなんでも感情的になりすぎだ。

ロキに具体的にどうしてほしいという要求があるわけでもない。

積もり積もった感情をぶつけていただけだった。

彼はどんなときも平然としているから、リゼには何が本当か見えなくなってしまったのだ。

どこまで本気なのかがわからない。

彼の気持ちもよくわからない。

ならば、興味がなくなったら簡単に打ち捨ててしまうのではないか。

そのとき、自分たちには何が残るのだろう。そんなことばかりが頭に浮かんで、彼との幸せな未来など描けなかった。

「……う…、……っく……」

「……リゼ…」

ロキは呆然とした様子で立ち尽くしていた。

親兄弟ならともかく、自分より身分の低い相手にこんな暴言を吐かれているのだ。

けれどリゼは、本音も吐き出せない相手とこの先も生きていきたいとは思わない。

心の内をすべてわかってもらいたいだなんて、そんなことは傲慢でしかないが、片方だけが我慢を強いられる関係なら壊れてしまったほうがよほどいい。

罰を与えるなら好きにすればいい。

こんなことで終わるなら、そうなる運命でしかなかったのだ。

リゼは流れる涙をそのままにロキを見上げる。

彼の目は大きく見開かれ、揺れていた。

動揺していることは伝わってきたが、引き下がる気はない。

あとはもう、ロキ次第だった。

「――なんだあれ。痴話喧嘩か……？」

「見かけによらず、気の強い女だなぁ……」

と、そのとき、ひそひそと話す声が耳に届く。

見れば、いくつかの民家の灯りがついて人が外に出てきていた。

大声を出していたから、起こしてしまったのだろう。

自分たちを遠巻きにしながら呆れている声に、リゼは唇を噛みしめて俯く。

周りから見れば、酷いのは自分のほうだと映っているようだった。

「……リゼ……」

不意に、ロキが口を開いた。

ゆっくりと顔を上げると、まっすぐな視線とぶつかった。

周りの囁きには気づいていないのか、彼はリゼだけを見つめていた。

程なくして、ロキはそっと手を伸ばすと、リゼの涙に触れようとする。

しかし、思い出したように動きを止めて、慌てて手を引っ込めた。その顔は何かを強く我慢しているようだった。

――私が拒絶したから……？

だから、触れてはいけないと思っているのだろうか。

そういえば、イザークの屋敷でも似たようなやり取りがあった。

あんなところで押し倒されれば拒絶するのは当然だが、これまでの彼を思えば強引にでも抱いていたはずだ。

「……」

ロキは目を伏せて、拒絶された己の手を胸に押し当てる。

その苦悶の表情にリゼは目を見張った。

まるで、傷ついた心をそのまま見せられているような気にさせられ、ちくんと刺されるような痛みが胸を苛む。

——私のほうがよほどロキに酷い目に遭わされているのに……。

こんな顔を見たくらいで罪悪感を抱いたことが悔しくて彼を睨んだ。

すると、ロキは震える息を吐き出し、ゆっくりとした動作でその場に片膝をつく。

彼が何をしようとしているのかわからず、ロキを見下ろすと、彼は地面に片膝をついた状態で微動だにもしない。

普段は見ることのない彼のつむじに目が行き、さらに胸が痛み出す。

叱られた子供みたいに項垂れているようで、心がズキズキと痛んで仕方なかった。

やがて、ロキは身を屈めると、リゼの足下に顔を近づけていく。

それでもリゼには何をしようとしているのかわからず、黙って動きを目で追っていると、あろうことか彼は靴の先に口づけてきたのだった。

「——ッ!?　な…、何してるの……っ!?」

リゼは驚嘆して大声を上げる。

周りで見ていた人々も驚いた様子でざわついていた。

けれど、彼はその行為を止めようとしない。己の手を自身の胸に押し当てたまま、リゼの靴の先に口づけた状態で動かなかった。

いくらなんでもこんなことは求めていない。

こんなことをさせるつもりはなかったと、リゼは激しく動揺して後ずさった。自然と彼の唇が離れたが、ロキはそのままの姿勢で動こうとしない。

リゼはその場にしゃがむと、彼の肩を押さえて強引に上向かせた。

ロキは濡れた眼差しでリゼをまっすぐ見つめる。先ほどよりずっと苦しそうな表情で、彼はぽつりと呟いた。

「……ずっと、わからなかったんだ」

「え…」

「どうしてリゼが泣くのか……、よくわからなかった。手に入れたはずなのに、日を追うごとにリゼが遠くなるようで、それが理解できなかった。……リゼに泣かれると、身動きができなくなりそうになる。胸も…、酷く痛んだ……。こんなことははじめてで、どうすればいいのかわからなかった……」

「ロキ……」

ロキは瞳を揺らしながら、胸に当てた手を震わせていた。

その表情を食い入るように見つめていると、彼は目を閉じて深く息をつく。一拍置いて大きく息を吸い込み、閉じた瞼を開いてリゼにまっすぐ目を向けた。

「だが…、おまえはもっと痛かったんだろう……？」

「……っ」

「俺が……傷つけたんだ……。俺は酷いことを……したんだな……。今のリゼの言葉で、それがやっとわかった……」

彼はそんなこともわからなかったというのか。

あれだけのことをして、誰も傷つかないとでも思っていたのか。

しかし、リゼはぐっと言葉を呑み込んでしまう。

一心に見つめる瞳は、あまりに哀しく揺らめいていた。

その眼差しを見ていたら、彼なりに必死に自分と向き合おうとしていたことに気づいてしまい、これ以上責めることはできなかった。

——だって人の靴に口づけるなんて、ロキのような高貴な人がすることじゃないわ……。

まるで許しを請うているかのような行為だった。

彼は尊大で傲慢で、何者にも屈する必要のない身分の人だ。

たとえ冗談でも、こんなことができる立場の人ではなかった。

「なんで…、私なんかにこんな真似を……っ」

リゼは震える声を絞り出す。

なんてばかな真似をしたのか、どうして自分なのだと目で訴えると、ロキはリゼの頬に触れようとして途中で動きを止めた。

触れたいけれど、触れてはいけない。

せめぎ合う葛藤の中で拳を握り締め、彼は自嘲ぎみに浅く笑った。

「このままでは二度と取り戻せない気がした……。おまえを失うことだけは、俺は堪えられそうもない」

「ロキ……」

「おまえの泣き顔は胸が痛む。もう見たくないと思うのに、どうしても触れたくて止められなかった。おまえを失いたくない……。リゼ…、ずっと見てきたんだ……。この四年…、ずっとおまえだけを見てきた。この感情を否定されるのは、とても苦しい……」

染み渡るような声が夜の闇に寂しく響く。

ロキは想いを吐き出すように「苦しい…」と繰り返し、拳を震わせていた。

きっと、それは彼が抱いたはじめての罪悪感だったのだろう。

自分はその瞬間を目撃しているのだ。

なんて歪な人なのだろう。こんなに哀しい人だったなんて……。

そう思った途端、リゼは自ら彼に手を伸ばしていた。

滑らかな頬に触れ、そっと撫でる。

すると、驚いた様子で見つめられたが、そのまま撫で続けていると、やがてロキは苦しげに顔を歪ませてリゼの肩に顔を埋めてくる。躊躇いがちに背に腕を回され、そのまま抱き締められたがリゼは拒絶しなかった。

そのとき、ふと、酔っ払いの男が横たわる傍に、花が散らばっているのが見えた。

先ほどまではなかったはずだが、あれはなんだろう。疑問に思ったが、リゼはその答えが目の前にあることに気づいた。

「ロキ…、あなたもしかして、お花を摘みに行っていたの……？」

「……、……あぁ。以前、マーサがおまえの部屋に飾った花を見て嬉しそうにしていたから、好きなのかと思って……」

彼はリゼの肩口で小さく頷く。

「……そう……だったの……」

なかなか戻らないと思ったら、そんなことをしていたのか。

元気がないと思って、花を摘んでくれたのだろうか。

なんだか信じられない。あんなことを覚えているとは思わなかった。

ロキが自分のために花を摘む姿など想像できなかったが、それでも彼をずっと近くに感じた瞬間だった。

「ありがとう……」

「……っ」

小さく言うと、ロキは息を呑んできつく抱き締めてくる。

だけど、それを嫌だとは思わなかった。

リゼは月を見上げ、涙を零した。

暗闇を歩いているような一か月だったが、少しだけ光が差したようだった。

思い切りぶつけた感情がロキの心の何かに響いた。

自分のせいで、彼が苦しんでいる。

そうやって、人は変わっていくものなのかもしれない。

ここから逃げることはできない。

ならば、歩み寄っていくべきなのだろう。

今の彼なら、いつの日か心を通わせることもできるのかもしれないと、はじめてそんなふうに思えた——。

第八章

こんなに疲労困憊した夜ははじめてだ。

寄り道ついでに衆人環視の中で喧嘩をして、信じられないほど感情を剝き出しにしてしまった。

こんな夜更けに起こされて、街の人たちは迷惑以外の何ものでもなかったはずだ。

けれど去り際に謝罪すると、『仲直りできてよかったな』と温かな声をかけてくれた。

優しい言葉に感謝したが、同時にあれほどの羞恥を感じたのもはじめてだった。

それから二人は馬に乗って再び帰路に就いた。

きっと、朝までにはヘンドリック家の屋敷に戻っているだろう。

父や母、侍女のマーサ、他の人たちも自分たちが戻らないことを心配しているのではと思ったが、『ラルフに任せてあるから大丈夫だ』とロキが言うので、リゼは開き直ってのんびりと馬に揺られていた。

ロキとは寄り道した広場を出てから、ほとんど話をしていない。

それでも、イザークの屋敷を出たときより、ずいぶん気持ちが軽くなっていた。

そのせいか、後ろから抱き締める腕が多少強くても息苦しさは感じず、落ち着いて前を見ていられた。

ところが、一時間ほど経ったときだった。

やけに大きな街を駆け抜けているように思えて、リゼは月明かりで見える街並みに首を傾げた。

——こんなところ、通ってきたかしら……。

これだけ大きな街なら覚えていそうなものだが、まったく記憶にないのだ。

不思議に思っていると、程なくして、どっしりとした壁に囲まれた巨大な建造物が見えてきた。

見れば、壁の周囲を何人もの衛兵が闊歩していて、正門らしき場所にも兵士が立っている。この建物が厳重な守りで固められていることはなんとなくわかったが、リゼにはここがどこだかわからない。

なぜ自分たちは、あの建物に向かっているのだろう。

リゼは手綱を握るロキの手に目を落として彼に問いかけようとしたが、その瞬間、正門に辿りついた馬がぴたりと動きを止めた。

「何者だ？」

途端に、若い門兵が訝しげに問いかけてくる。

こんな夜更けにやってきた自分たちを、兵士たちが不審に思うのは当然だ。

しかし、ロキは何も答えようとしない。

すると、若い門兵は腰の短剣にさり気なく手をかけた。明らかに不審者と認識した動きだった。

「おい、おまえ、早くここを開けろ」

ところが、ロキは動じる素振りがまったくない。

それどころか、なかなか門を開けないことに苛立っているようだ。

どうしてこんなときまで偉そうなのだとリゼが顔を引きつらせていると、ロキは警戒する若い門兵をじろりと睨《ね》めつけ、呆れたようにため息をついた。

「たった四年で、俺の顔も知らぬ者が門兵をするようになるのか……」

「……？」

「もういい。ならば、兄上に伝えてこい。末の王子が戻ったとな。それが一番手っ取り早い」

「えッ!?」

若い門兵は目を丸くして、素《す》っ頓狂《とんきょう》な声を上げる。

当然ながら、他の兵士たちも似たような表情を浮かべていた。それに加え、見回りの衛兵たちも集まり出したところだったために、正門の前は一気にざわつき始める。

——じゃあ、この場所は……。

リゼは呆気に取られながら、目の前の立派な門を見上げた。

と、そのとき、バタバタと大きな足音が近づいてくる。

「ロキさま…っ、これは大変なご無礼を……ッ！」

見ると、一人の年配の衛兵が慌てた様子で駆け寄ってくるところだった。

彼は素早く若い門兵の前に立ちはだかり、後ろへ下がらせると、青い顔をしながら深々と頭《こうべ》を垂れた。

「教育が行き届いておらず申し訳ありません！　すぐに門を開けさせますので、あと少しお待ちください……ッ！」

「……早くしろ」

「はっ！　——こら、何をぼけっとしているッ、早く門を開けんか！　この方はロキ殿下だ！　つい一か月前にも、ヘンドリック侯とご一緒に来られていたというのに、もう忘れたのか!?」

「え…、……あ…ッ!?」

年配の衛兵の必死の形相に、兵士たちはみるみる青ざめていく。

まさかこんな時間に前ぶれもなく末の王子が王宮にやってくるなど、思いもしなかっただろう。

そのうえ、ロキはここを出て四年も経っているのだ。

この一年で彼が王宮に行く機会は増えていたが、そのときはヘンドリック家の子息として来ていたのだ。その子息が実は末の王子だったと世間に公表されたのはリゼと結婚すると決めたあとで、ごく最近の出来事なのだから、昔から王宮にいた者でなければわからなくて当然だった。

兵士たちは動揺をあらわにしながら門を開け、馬の周りを囲んで敬礼する。

ロキはそれを無言で見下ろすと、手綱を握り直して前を向いた。

馬はまた歩を進め、巨大な門を堂々と通り抜けていく。

「……ね、ねぇ…、ロキ、ここって……っ」

「あぁ、王宮だが」

「ど…ッ、どうして……？」

「あの場所からだと、屋敷に戻るよりここのほうが近かったんだ。宿代わりに一晩泊まるくらい、別にどうってことないだろ？」

「宿代わりって……っ」

「……まぁ、そんなに気負うなよ。どうせ、こんな時間では誰も起きていない。早朝には出て行くから、そのときに誰かに会ったなら適当に挨拶しておけばいい……」

そう言うと、ロキは眠たげにあくびをする。

——つまり……、疲れたから王宮で休もうということ……？

リゼは顔を引きつらせて、おそるおそる前を向いた。

月明かりだけではすべてを目にすることなどできないが、話に聞いていた以上の絢爛さにくらくらしてくる。宿代わりに立ち寄れる場所などではなかった。

のんびりした気分が吹き飛び、リゼは緊張で身を固くする。

一方で、ロキは平然とした様子で馬を下りて王宮に入っていく。

さすがに夜遅い時間では王宮内もまばらな人影しかなかったが、突然のロキの来訪に驚く様子が伝わってくる。

リゼはロキに手を握られ、ひたすら廊下を進んだ。

緊張でどこをどう進んだかもわからなかったが、気づいたときには彼の自室に足を踏み入れていたのだった——。

❀　❀　❀

広々とした部屋。

深い青の壁紙に美しい模様の赤い絨毯。

天井にはシャンデリアがあったが、灯りはついていない。

寝るだけだからいらないと断り、先ほど使用人にオイルランプを持ってきてもらったからだ。

——ここが、ロキの部屋……？

ここを出て何年も経つからか、誰かの部屋という感じがしない。がらんとした印象を受けるのは、窓際にソファとテーブルが置かれてあるだけで、他に物が見当たらないからなのだろう。

オイルランプを片手にぐるりと部屋を見回すと、右手の奥に扉があるのに気づく。ここにはベッドがないので、続きの部屋が寝室になっているようだった。

「リゼ、すぐに寝るか？　それとも、何か食事を用意させようか」

「え…っ、う…ううん。何もいらないわ」

「……なら水だけ持ってこさせるか。喉がカラカラなんだ」

「そ、そう…」

こんな時間に迷惑をかけられないと思って断ったが、ロキはそういったことをまるで気にしていないようだ。扉を開けると、彼はたまたま近くを通りかかった使用人に飲み物を用意するよう声をかけていた。

「リゼ、座らないのか？」

「えっ!?」

「さっきからそこで突っ立ったままだから……」

「あ…、ええ、……じゃ、じゃあ……」

リゼはぎこちなく頷いてソファに向かう。

遠慮がちにソファに座ると、ロキは当然のようにリゼの隣に腰を下ろし、じっと見つめてきた。やけに緊張してしまうのは、ここが王宮だからだろうか。

「リゼ…」

「な…、なに…？」

「寝る前に、少しだけ話がしたい」

「え、えぇ…、それは構わないけど……」

真剣な眼差しで見られて、リゼはさらに緊張する。

改まってなんの話だろう。なぜかまっすぐ彼を見ることができず、リゼは目を泳がせながら頷いた。

「リゼ…、俺…――」

だが、ロキが何かを言おうとした直後、

――コンコン…ッ。

軽快なノックの音と共に、突然ガチャッとドアノブが回る。

返事もしていないというのに、そのまま勢いよく扉が開けられたのだった。

「――ロキ…っ、帰ってるんだって!?　こんな時間にどうしたんだよ。さては俺に会いたくなって帰ってきたんだな？」

「……ッ!?」

薄明かりの部屋で異様に明るい声が響く。

いきなりのことに、リゼは肩をびくつかせて立ち上がる。

扉の前には、柔和な笑みを浮かべた若い男性がいた。

彼は探しものをするように部屋を見回していたが、リゼに気づくと少し驚いたような顔をする。しかし、ため息交じりに立ち上がったロキに目を向けた途端、満面に笑みを浮かべて自分たちのほうへと近づいてきた。

「ロキ……ッ、一か月ぶりだな！」

「……フランク兄さん……、なんで起きて……」

「なんでって、今夜は月が綺麗だからね。一人で寝るにはもったいないだろ？」

「……はぁ、変わらないな」

「もちろん、ロキへの愛も変わってないぞ！　父上や母上とも、いつも思い出話に花を咲かせてるんだ。ロキが最初に呼んだのは誰の名だったとか、小さなロキを背に乗せて王宮内を馬になったつもりで這い回ったこととか、そのときのロキの鞭の使い方が上手だったとか……」

「それ、いつの話だよ」

「だから思い出話だって言ったろ？　この四年はラルフからの報告だけで手紙もくれなかったじゃないか。皆、会いたがっていたのに全然戻ってこないし……。父上が我慢できなくなって晩餐会に招待してから、ようやく顔を見せてくれるようになったけど」

その男性はじとっとロキを見て、拗ねたように愚痴を言う。

リゼはその様子に呆気に取られていた。

ロキ自身が『フランク兄さん』と呼んでいたので兄であることに間違いないのだろうが、兄弟でもずいぶん性格が違うようだ。

四年前、リゼは一番上の王子の結婚式に列席したが、あのときの人ではなさそうだ。

第一王子は現在三十歳近いはずだが、目の前の男性は二十代前半くらいに見える。自分が記憶していた顔立ちとも違っていた。

「ところで、君がリゼ？」

あれこれ考えを巡らせていると、不意にロキの兄――フランクがリゼに人懐っこい笑みを向けてくる。

「は…、はい」

「はじめまして。俺は六男のフランク。君とは会うのを愉しみにしていたけど、まさかこんなふうに会えるとは思わなかった」

「こ…、こちらこそ、お会いできて光栄です」

「……へぇ、やっぱり想像とは違うものだね」

「え？」

「あ、失礼。その…、ロキは昔から飽きっぽいところがあってね。はじめは皆、すぐに王宮に戻ってくると思っていたんだよ。だから四年も心変わりをさせないなんて、どんな令嬢なんだろうかと」

「そう…なんですか……」

「っと、すまない。気を悪くさせるようなことを言ってしまったかな。年上と聞いていたし、こんなに可憐な人だなんて思わなかったんだ」

そう言いながら、フランクはリゼの身体の上から下まで視線を移動させた。

けれど、そんなふうに観察するように見られても、リゼは反応のしようがない。

もしかすると、彼は妖艶な美女を想像していたのかもしれない。可憐と言われて悪い気はしないが、彼らにしてみれば期待外れだったのではと思ってしまう。

ロキを見ると、不機嫌な顔でフランクを睨んでいた。

リゼにしてみればロキが飽きっぽいという印象はなかったから意外な話だったが、彼が反論しないところを見ると、図星の部分があったのだろう。

――コン、コン。

そのとき、またノックの音が響いた。

一斉に扉に目を向けると、ゆっくりと窺うように扉が開く。

そういえば、先ほどロキが水を頼んでいた。

遠慮がちな開け方に、使用人が水を持ってきたのだろうと思ったが、ややあって穏やかな笑みを浮かべた男性が顔を覗かせた。

「ロキ…、いるか？」

「え？」

「あぁ、ロキ！　本当に来ていたんだな」

「兄上？　どうして兄上まで……」

「やけに廊下が騒がしいと思っていたら、ロキが来ていると聞いてな。少し顔を見ておこうと思ったんだよ。……なんだフランク、おまえも来ていたのか。先を越されたようだな」

「たまたま帰ってきたところで、タイミングがよかったんだ。だけど、大したことはまだ話してない。あ、それより彼女に挨拶してくれ」

「……彼女？」

フランクに言われて、その男性はリゼに視線を向ける。

何度か目を瞬かせ、やや驚いた顔を浮かべると、彼はハッとした様子で姿勢を正した。

「失礼、挨拶が遅れました。私はロキの一番上の兄でセシルと申します」

「は、はじめまして…ッ。リゼと申します」

「ようこそいらっしゃいました。お会いするのを、ずっと愉しみにしていました」

穏やかな笑みを浮かべると、ロキの一番上の兄――セシルはごく自然な動作でリゼの手を取り、その甲にそっと口づけた。

「……っ」

落ち着いた外見に、紳士的で優しげな微笑。

四年前、教会で隣国の姫君に笑いかけた姿と重なる。

彼があのときの王子だとわかり、リゼは緊張のあまり顔が強ばった。

「そうですか。あなたがロキの……。こんなに可憐な人だったのですね」

「あ、ありがとう…ございます」

しかし、彼にもフランクと同じことを言われ、リゼはなんとも微妙な気分になる。

やはり妖艶な美女を想像していたのだろうか。彼らの想像とはずいぶん違っていたことは理解したが、これをどう受け止めればいいのかわからなかった。

「兄上、もういいだろ。……その手、放して」

「え？　あぁ」

直後、ロキがやや低い声で口を挟んでくる。

顔を見ると、先ほどよりさらに機嫌が悪そうだ。

ロキはセシルからリゼの手を強引に引きはがすと、自分のほうへと強く引っ張った。

そのままリゼの前に立って、むすっとした様子で黙り込む。

なぜだかわからないが、ロキはずいぶん苛ついているようだった。

「そういえば、アンディは来ていないのか？」

「あいつは父上や母上と同じで、早寝早起きだからなぁ。今頃はもう夢の中じゃないのか？　だけど、明日は起きたら大騒ぎしそうだ。どうして起こしてくれなかったんだって怒るかもしれない」

「確かに、そうなるだろうな」

だが、彼らはロキの苛立ちに気づいていないのか、愉しげに会話をし始める。

アンディとはまた別の王子のことなのだろう。人数が多すぎて、リゼはうろ覚えでしか名を記憶していなかったが、話の流れで想像はできた。

それにしても、意外だ。

こんなに仲がいい兄弟だとは思わなかった。

最近、ロキの横暴な面ばかりが目についていたからだろうか。実は彼は、小さい頃は不遇の身で家族からの愛情に恵まれず、それでこんなに性格が曲がってしまったのではと密かに思っていたのだ。

不遇なんてとんでもない。

少し話を聞くだけでも、ロキがとても愛されていることが伝わってくるほどだった。

リゼはロキの後ろから、セシルとフランクをじっと見つめる。

すると、それに気づいたフランクがニコニコと笑いかけてきた。

なんて友好的な人だ。びっくりしていると、ロキがすっと横に動いて視界を遮られてしまった。

わざととしか思えず、リゼはむっとする。

ロキはなぜこんな子供じみたことをするのだろう。

部屋に来たときはいつもどおりだったのに、何がきっかけで不機嫌になったのかリゼにはわからなかった。

——コン、コン。

それから程なく、またもノックの音が響く。

すでに日が変わった時刻だというのに、王宮の夜はずいぶん遅いようだ。

先ほどのセシルたちの話からして、国王たちは就寝しているようだったが、今度は何番目の王子がやってきたのかとリゼは扉のほうへ目を向けた。

「の…、飲み物を、ご用意いたしました……っ」

ところが、聞こえてきたのは若い男の緊張ぎみの声だった。

王子の誰かがロキに会いに来たのかと思ったが違ったらしい。どうやらロキが頼んだ水を持ってきてくれたようだった。

「どうぞ」

フランクが返事をすると、ややあって扉が開く。

しかし、部屋に足を踏み入れるや否や、使用人は肩をびくつかせる。

まさか三人も王子がいるとは思わなかったらしく、虚を衝かれたようだった。

「あ…あの…ッ、お二人の分しか用意がなく……っ、申し訳ありません…ッ、すぐにご用意を……っ！」

「あぁ、俺たちの分はいらないよ」

「ですが…っ」

「ロキに挨拶しに来ただけだから、長居するつもりはないんだ。それより、早くそれを二人に運んでやって」

「は…、はい…ッ、では……っ」

フランクに促され、使用人はぎこちなくティーワゴンを押した。

だが、彼はかなり緊張しているようで、見ているだけでそれが伝わってくるほどだ。

ティーワゴンを押す手が震えているのに気づいて心配になったが、彼も王宮で雇われるほどの使用人だ。自分などが心配することではないだろうと思い直し、リゼはロキの袖を引っ張って座るように促した。

「……あぁ」

ロキは気を取り直した様子でソファに座った。

リゼも隣に腰かけたが、使用人の手がさらに震えていることに気づく。

それだけでなく、やけに動きがぎこちない。

──この人、給仕に慣れていないのかもしれないわ……。

考えてみれば、夜遅い時間ということもあって、ここに来たとき使用人の姿はほとんど見なかったのだ。

そんな中で彼はロキに直接頼まれてしまった。

だから自分でどうにかしようとしたのかもしれない。

リゼは頭の隅で考えながら、彼のぎこちない動きにハラハラする。

ふと見ると、ロキは頬杖をつき、ティーポットを持つ使用人の手元を目で追いかけていた。普段、身の回りのことを完璧にこなすラルフを傍に置いているから余計に目につくのだろうが、それでは一層緊張を煽ってしまうだけだ。

「――あっ」

直後、使用人の手からティーポットが滑り落ち、ティーワゴンに落下した。

ガシャンと音を立てて横倒しになり、衝撃でティーポットの蓋が外れると、その拍子に中の湯が激しく飛び散る。

「きゃ…っ!?」

飛び散った湯は使用人の服を濡らし、リゼの手にまでかかってしまう。

リゼは驚いて思わず声を上げたが、思ったほど熱くない。

火傷するほどのことではなかったようだ。

しかし、ほっと息をついたのも束の間、ロキが大股で前を横切ったのに気づいてリゼはぎょっとする。まさかと思ってその動きを目で追いかけると、怒りをあらわにしたロキが使用人に摑みかかっていた。

「貴様ッ、なんのつもりだ!?」

「も…ッ、申し訳ありません…ッ!」

「わざとか…？　おまえ、リゼに悪意があるのか!?」

「め、滅相も…っ」

「おまえのような出来の悪い使用人が王宮にいるとは思えない。だいたい、俺は水を頼んだのに、どうして別のものを持ってきた？」

「もっ、申し訳……っ、すぐに手当てを……ッ、医師をお呼びいたしますので……ッ！」

「なぜ質問に答えない？　おまえ、何か隠しているのか？」

「そのようなことは……っ」

「おまえは信用できない」

「……ッ、どっ、どうかお許しを……っ」

使用人は青ざめて必死で謝罪していた。

けれど、ロキは襟首を掴んだまま放そうとしない。

いくらなんでもやりすぎだと思ったが、セシルたちは止める素振りも見せない。

フランクが懐からハンカチを取り出し、「大丈夫？」とリゼを心配してくれたが、ロキのすることにはなんとも思っていないようだった。

――この人たち、頼りにならない……っ！

こんな乱暴をどうして許しているのだろう。

このままではいけないと、リゼは意を決してロキに近づく。

彼は今にも殴りかかりそうな獰猛な目をしている。とても見過ごせない状況に、リゼはその瞬間、迷うことなくロキの頬を平手で叩いた。

「――…なっ!?」

部屋に響く乾いた音。

目を丸くする使用人。

呆気に取られるセシルとフランク。

何が起こったのか理解できず、ぽかんとしたロキの顔。

自分の行動は決して許されるものではない。

もしかしたら罰せられるかもしれないと思ったが、リゼには見て見ぬふりなどできず、まっすぐロキを見上げて躊躇うことなく声を上げた。

「それ以上はだめよ！」

「リゼ…っ、おまえ…、この男の肩を持つというのか…っ!?」

「肩を持つとか持たないとか、そういう問題じゃないわ！　こんなことをわざとやって、なんの意味があるというの!?　見ればわかるでしょう、彼は単にやり慣れていないだけよ！」

「はぁ？」

「……ねぇ、そうではなくて？」

リゼは憤りをそのままに使用人に目を向ける。

彼は一瞬びくついたが、リゼが助け船を出してくれたと気づいたのだろう。身体を震わせながら、躊躇いがちに小さく頷いた。

「……、……はい…。まだ見習いで……、申し訳ありません……っ」

やはり思ったとおりだったようだ。

ロキに目を戻すと、彼はやや困惑した顔をしていた。

しかし、多少冷静さが戻ったのか、まるで話を聞かないといった様子ではない。

リゼは僅かに呼吸を整えると、宥めるように話を続けた。

「ロキ…、だってこんな遅い時間だもの、他に頼める人がいなかったのよ。それでも彼は、ロキに頼まれたから用意してくれたんだわ。別にあなたの頼みを無視したわけじゃなくて、紅茶は彼の気遣いじゃないかしら。だって、お水もちゃんと用意してくれているようだから」

リゼはそう言ってティーワゴンを指差す。

下の段には水差しがちゃんと置かれていて、それを見たロキは僅かに目を見開いた。

「……あ」

「ね、だからそんなに咎めないで。私もつい大げさな声を出してしまったけれど、お湯はそんなに熱くなかったの」

諭すように問いかけると、ロキは唇を噛みしめる。

「……ッ、くそ、わかったよ……ッ！」

程なくして襟首を締め上げた手を放し、使用人はその場にへたり込んだ。

リゼは胸を撫で下ろし、大きく息をつく。

だが、本当は自分だって彼を責める資格はなかった。ロキが怒ったのはリゼのためだったのに、乱暴なやり方が許せなくて手を出してしまったのだ。

今さらながら、自分のやり方も冷静ではなかったとリゼは恥ずかしくなった。

「リゼ、君ってすごいなぁ……ッ！」

ところが、そんな気まずい場の雰囲気をものともせずに、すぐ後ろでいきなり感嘆の声が上がった。

驚いて振り向くと、フランクがなぜか目を輝かせて自分を見ていた。

そういえば、彼らもここにいたのだ。

すっかり存在を忘れていたリゼだったが、なんだか想像していた反応と違う。

ロキを叩いたことを咎められるのではと思っていたのに、どういうわけかセシルまでもが感心した様子でリゼを見ていた。

「ロキのこんな姿、はじめて見たよ。君はまるで魔法使いだね」

「ま、魔法…？」

「それくらいすごいってことさ。……へぇ、君は本当にロキにとって特別なんだ」

「……そう、なんですか？」

「ごますりが得意な者はたくさん見てきたけど、君みたいな人は珍しいね。かなり昔に、やけに性格のきつい教育係がいたんだ。彼は言いがかりに近い注意をしてくる人で、俺たちも苦手ではあったんだけど……。でも、その人、はじめてロキについた次の日、忽然と姿を消してしまったんだよね。なんとなく、あのときのことを思い出してしまったよ」

「……ッ!?」

フランクはそう言って、ケロッとした様子でロキに笑いかけた。

「そういえばあいつ、どこに行ったか知ってる？」

「……さぁ、覚えてない。あんなのとリゼを一緒にするなよ」

「それもそうか。比べる相手を間違えたな」

フランクは何を納得したのかわからないが、ニコニコ笑って頷いている。

リゼは顔を引きつらせてセシルに目を移す。彼もまたロキに同意するように、苦笑しながら頷いていた。

——この人たちって……。

教育係云々のことは、リゼにはよくわからない。

だとしても、彼らは少しロキに甘すぎやしないだろうか。

弟がかわいいのはわかるが、こういうのはちょっと違う気がした。

「さて、そろそろ戻るか」

「そうだな」

「ロキ、今日は会えて嬉しかったよ。リゼ、君もゆっくりしていってくれ」

「は…、はい……」

「では、また明日」

二人ともにこやかに笑うと、静かに部屋を出て行く。

それに気づいて、使用人も慌てて立ち上がる。彼は目に涙を浮かべながらリゼに頭を下げ、ロキにも深く頭を下げてから部屋をあとにした。

やがて扉の閉まる音が響き、途端に部屋が静かになった。

リゼはなんとも言えない気分のまま、その場に立ち尽くしていた。

そんなリゼの横顔をロキはじっと見ていたが、すぐに気持ちを切り替えた様子でソファに腰かける。

「なんて顔してるんだよ」

「だって…」

「……別に、兄上たちがああなのは今に始まったことじゃない。父上や母上、他の兄たちもだいたい似たような感じだ。俺の容姿が先代の国王に生き写しだとかで、妙に崇拝する連中もいる。ここにいた頃は、ラルフのような従者が何人もいた。誰も彼も、俺の望むように動く者ばかりだった」

「そう…なの……」

「あぁ…、なんでも思うがままだった。皆も、競うように俺の望みを叶えたがった。だから俺は、ほしくないものでも望んでやった」

「……」

「お陰で、俺はどんなものでも手に入れられると錯覚してしまった……」

彼はそう言うと、皮肉な笑みを浮かべてリゼを見つめた。

どうしてそんな顔をするのだろう。

ロキなら、なんでも思うがままだろう。

四年前に彼がしたことを思い浮かべて唇を引き結ぶと、ロキは僅かに目を伏せ、ため息交じりに答えた。

「まったく、世の中は本当によくできている。心底ほしいと思ったものほど、手に入れられないいんだからな……」

「え…」

「人は、生まれた瞬間から得られるものの大きさが決まっている。俺は、兄上の結婚が決まったときにそれに気づいたんだ」

「それは…、どういう……？」

「……わからないか？　俺は…、王位を継ぎたかったんだ」

「……ッ!?」

予想もしない答えに、リゼは思わず声を呑む。

確かに、彼にも王位を継ぐ権利はある。

だが、ロキは十人兄弟の末の王子だから、継承順位もおのずと最後になってしまう。

しかも、セシルを含めた七人の王子がすでに結婚済みで、そのほとんどが子をもうけており、男子も含まれていることからロキの継承順位はさらに下となるはずだ。これがこの国の決まりである限り、彼に手が届く望みではなかった。

「もちろん、それがどんなにばかげた望みなのか、今ではよくわかっている。その順番は俺には回ってこない。生まれたときから断たれていた望みだった。まさか、兄上たちを殺すわけにもいかないしな……。いくら俺でも、そこまではできない」

「こ…、殺……、それはそうよ……」

「っく…、おまえ、疑ってるだろ」

「そんなこと……ッ」

「まぁ、いい。あの頃の俺には、兄上たちが言い争いをするようけしかけて、それを眺めて愉しむのが精々だった」

「な…っ」

リゼが目を丸くすると、ロキは喉の奥で笑いを噛み殺す。

彼の言うことは、どこまでが冗談かわからない。

じろっと睨むと、ロキは苦笑しながらリゼの手を取った。

「……あっ」

そのまま彼のもとへと引き寄せられ、リゼは強引にロキの膝に座らされた。

いきなり至近距離で目が合って心臓が大きく跳ねる。目を泳がせていると、ロキはリゼの長い髪を指で弄びながら話を続けた。

「……兄上の結婚式は、俺のそれまでの人生の中で最悪の日だった。どうでもいいものを与えられても、なんの意味もない。生まれた順番が遅かったせいで、何よりほしいものが手に入らない。追いつくこともできない。それを突きつけられた日だった。なんて退屈でつまらない人生だろう。そう思ったら、悔しくて悔しくて堪らなかった。なんにでもいいから憤りをぶつけずにはいられなかった」

「じゃあ…、私が見たのは……」

「あぁ、そうだ。むしゃくしゃして壁や彫像をチョークで汚していたら、いきなりおまえに腕を掴まれた。……はじめは無礼な女だと思ったが、あんなふうに切々と善悪を説かれたのははじめてだったせいか、不思議と怒りは湧かなかった。相手が誰とも知らず、考えもせず、なんて無鉄砲で変わった女だと思っていた」

「あれは…っ」

「別に貶《けな》しているわけじゃない。純粋にそう思っただけだ。媚びを売るでもなく、へつらうでもない。おまえと話しているのは、なぜかすごく楽だったから、どんどん余計な力が抜けていった。そうしたら、もう王位は諦めようと思えたんだ……。まさか、あんなふうに吹っ切れるものとは考えもしなかった」

　ロキはそこまで言うと、懐かしむようにリゼを見つめた。

「……ロキ……」

　リゼはこくっと唾を飲み込み、四年前のことを思い返す。

　もうずいぶん遠い記憶だけれど、彼が何か思い悩んでいるように感じたのはなんとなく覚えている。

だが、そんな事情があっただなんて考えもつかなかった。

――だから、イザークさまにあんなことを言ったのね……。

リゼを追いかけてイザークが厩舎に来たとき、ロキは『俺だって世の中すべてが思いどおりになるとは考えていない』と言ったのだ。あれは自身の苦い経験を踏まえての言葉だったのだろう。

さまざまなことを思い返していると、不意に頬に触れられる。

ぴくっと肩を震わせて彼を見ると、どこか眩しげな目で見つめられた。

「……リゼとの出会いは、俺にとって運命のようなものだった。すぐに忘れるものと思っていたのに、おまえのことが頭から離れなかった。王宮に戻ってからも、リゼを思い出しては一人で笑っていた。そのうちに、俺はリゼのことをもっと知りたくなって、情報を得ようと父上のもとへ向かった。そこで俺は、もうじきリゼは婚約者と結婚すると聞かされたが、それで引き下がろうとは思わなかった。あれは俺の女だ、誰にも渡さない。今度こそ諦めるものか、俺はあの女がほしいと、居ても立っても居られなくなって、おまえを自分のものにするために父上の力を利用した。それがどんな感情であるのかよくわからないまま、俺はおまえをイザークから奪い取った」

「……ッ」

「はじめてヘンドリック家に来た夜、おまえは失恋して泣いていた……。柔らかな身体を抱き締めたとき、とても愛しく感じた。泣いているおまえがかわいそうでかわいかった……。兄上たちはすぐに王宮に戻ってくるものと思っていたようだが、俺はまったくそんな気にならなかった。おまえに飽きるどころか、年を追うごとにますます夢中になった。……ヘンドリック家で暮らした四年間は、俺にとって宝だ。王宮にいた十二年より遙かに自由な日々だった。リゼも、おまえの両親も…、あの場所に存在するものすべてが俺には心地よく、いつの間にかかけがえのないものになっていた。……俺は、酷いことをしたのかもしれない……。おまえを何度も泣かせてしまった……。だが、何度でも言う。俺は後悔はしない。使えるものはなんだって使う。権力であろうと行使する。そうしなければ、おまえを奪うことなどできなかった……っ！」

「あ…ッ、ん…ぅ…ッ！」

ロキは感情のままにリゼを掻き抱き、強引に唇を奪った。

驚くリゼの舌を追いかけ、彼は貪るように搦め捕る。

息ができないほどの激しい口づけに、リゼはくぐもった声を漏らすことしかできなかった。

「ふ…ぅ…、ン…、ロ…キ……」

だが、リゼはもう抵抗しなかった。

息が苦しかったけれど、そんな力はなかった。

――嘘じゃ…なかった……。

リゼの目からじわりと涙が溢れて、頬を濡らしていく。

すべてが偽りというわけではなかった。

彼はこの四年間を、ヘンドリック家で過ごしたすべての時を、かけがえのないものだと言ったのだ。

そう思っていたのは自分だけじゃなかった。

たったそれだけのことが、涙が出るほど嬉しかった。

「……っ……ん……っは……」

目を開けると、間近でロキと視線がぶつかる。

彼はその美しい瞳を潤ませてリゼの舌を熱い舌で撫でてくる。想いを伝えるように、何度も繰り返された。

やがて唇が離れて、代わりに頬や瞼、顔中に口づけられる。

零れた涙は彼の唇で拭われたが、次々溢れるからきりがない。

「ど…して……。どうして四年も黙っていたの……っ」

次第にこれまでの感情が溢れ出し、リゼは涙声で訴えた。

どんな手でも使うとまで言い切る人が、どうして四年も弟として過ごしてきたのか。

夜中に忍んでくるほど我慢の利かない人なのに、最後まではせずにいた。言っていることとやっていることがあまりにちぐはぐで、リゼにはわからないことばかりだった。

「それは…、リゼが言ったからだろ」

「……え」

「はじめてヘンドリック家に来た夜、おまえが言ったんだ。イザークは背が高い男だったって……。俺がそういう男が好きなのかって聞いたらおまえは頷いて、あいつの背が部屋の柱の窪みくらいあったって指差したんじゃないか」

「私…が……？」

「そうだ」

「……」

リゼはぽかんとして考えを巡らせる。

そんなこと、言っただろうか……。

婚約解消の話をしたのは覚えているが、男性の好みまで話しただろうか。

そもそも、リゼは背が高い人を特別好きだと思ったことがない。

けれど、そう断言されると、言ったようにも思えてくる。

あのときはイザークのことで頭がいっぱいだったから、話の流れで無意識のうちにそう答えてしまったのだろうか。

――なら、四年も弟として過ごしたのは、イザークさまの背を追い越すためだったということ……？

言われてみると、ロキが時折リゼの部屋の扉付近をじっと見ていることがあった気がする。

あれはイザークの背と自分の背を比べていたのかもしれない。

結婚を決断してラルフを王宮へ向かわせた日も、彼はリゼの部屋を出る直前に立ち止まり、しばし何かを見ていた。柱の窪みよりも自分の背が高くなったことを確かめていたのだ。

「……酷い女。覚えてないのかよ」

「だっ、だってそんな理由だなんて……っ、だいたい、背が伸びなかったら、どうするつもりだったのよ。ずっと弟でいるつもりだったの？」

「っは…」

小さくなって彼を見ると、ロキは浅く笑った。

そんなおかしなことを言っただろうか。

わからなくて首を傾げると、彼はリゼを抱えて立ち上がった。

「な…、なに……」

ロキはそのまま歩き出し、部屋の奥の扉に手をかけた。

リゼは彼の首に抱きつき、その手の動きを目で追いかける。

視線を感じて彼に目を戻すと、濡れた眼差しに気づいて心臓が大きく跳ねた。

リゼは抱きつく手に力を込める。すると、微かな音を立てて扉の閉まる音が響き、彼はリゼの首筋に口づけながらベッドに向かい、倒れ込むようにしてのしかかってきた。

「ん…ッ、あ……っ」

「おまえ…、本当に酷い女だな……。どうして俺があいつに負けるんだよ。どんなことであろうと、勝つに決まってるだろ？」

「そんな、イザークさまとロキは……——、ん、んぅ…ッ！」

イザークの名を出した途端、ロキは強引にリゼの口を塞いだ。

激しい口づけをしながらスカートを捲り上げると、彼は太股をまさぐりながら一方の手で背中のボタンを外した。

別に、イザークの肩を持とうと思ったわけではない。

二人はまったく違う。比べたこともない。

そう言おうとしただけだった。

けれど、彼にはそれがわからないのだろう。最後に別れの言葉まで言ったのに、リゼがまだイザークに未練があると思っているのかもしれなかった。

「……ん…ぅ……」

ロキはリゼに激しい口づけをしながら、強引にドレスを脱がしていく。

見る間に白い肌があらわになって、すぐに彼の前に乳房が晒された。

その柔らかな双丘をまさぐりながら、彼はドロワーズの腰紐を解いて、躊躇うことなく引きずり下ろす。そうしてリゼを生まれたままの姿にしてから、骨が軋むほどきつく抱き締めた。

「……いやなら拒絶しろ。どうせ俺は、おまえに本気で拒絶されたら何もできない。許しを請う下僕に成り下がる……」

掠れた声で言いながら、彼は苦しげに息をつく。

「……あ」

耳たぶを甘噛みされて、リゼは唇を震わせる。

心臓を鷲掴みにされたように身動きが取れなかった。

拒絶せずにいると、彼は息を弾ませながら身を起こす。燃えるような眼差しで射貫かれて、さらに鼓動が速くなって呼吸が乱れた。

ロキはリゼから目を逸らすことなく上着を脱ぎ、シャツのボタンを外していく。

煩わしそうにシャツを脱ぎ捨てると、逞《たくま》しい上半身があらわになり、気づいたときには組み敷かれていた。

「だがリゼ…、俺は、おまえが目の前からいなくなるのだけは我慢できない……っ」

「……っ」

「どんなに苦い想いを味わおうとも……ッ、たとえ、おまえが俺を好きでなくとも……っ、それでも誰より近くにいたいんだ……ッ」

「んん…ッ」

ロキはリゼの乳房に唇を寄せ、突き出した舌で蕾を愛撫する。

いたぶるように転がし、甘噛みをして、びくつく様子を確かめながら下肢に手を伸ばした。

「あぁ…ッ、あっ、あっぁあ……っ」

彼の強い感情に押し流されていくようだった。

性急すぎる行為なのに、リゼの身体は火がついたように熱を持ち、その行為を簡単に受け入れてしまう。中心にいきなり指を差し込まれても、痛みを感じるどころか淫らな啼き声を上げていた。

「あっあっ、あっ、あっ」

彼が指を動かすたびに、いやらしい水音が響く。

内壁を擦られるごとに、その指を締め付けてしまう。

どうして彼のすることに、こんなにも容易く反応してしまうのだろう。

リゼは甘い喘ぎを上げながら、ロキを見つめた。

彼はリゼの胸に顔を埋めて執拗に乳首を舌で転がしていたが、視線に気づいて顔を上げる。獣のような目でリゼを射貫くと、べろりと頂を舐めてから身を起こし、かぶりつくように唇を塞いだ。

「んん…ッ、んぅ…、ん、ん」

リゼはくぐもった声を漏らし、彼の唇を受け止める。

脚の間に身体が割り込んでくると、さらに彼の手が激しく動いて、そのたびに激しい水音が部屋に響いた。

いつしかリゼは自ら舌を差し出し、彼の舌と絡め合う。

ロキは興奮した様子で息を弾ませ、間近でリゼを見つめていた。リゼもまた彼を同じように見つめ、激しく息を乱していた。

程なくして彼は中心から指を引き抜いて、リゼの脚を大きく広げる。

衣擦れの音が妖しく響く中、互いの舌を甘く絡め合っていると、やがて濡れそぼった中心に彼の熱が押し当てられた。

ロキは何かを堪え忍ぶように息を震わせていたが、熱く猛った先端で何度かリゼを擦ったあと、一時も待てないといった様子で腰を突き出してくる。

おのずと中心が大きく押し広げられて、彼の熱で満たされていくが、ロキは奥まで貫くことはしなかった。

半分ほど挿入したところで腰を引き、また同じように突き出す。

何度かその動きを繰り返されるうちに、リゼの中心はさらなる快感を求め始める。次第に彼のものを淫らに締め付けるようになり、切ない喘ぎを上げると、そこで彼はリゼの腰を引き寄せて最奥まで一気に貫いた。

「あぁあ…ッ、あぁっ、ああっあっ」

「リ…ゼ……ッ！」

途端に抽送が始まり、彼の楔で身体の奥深くまで蹂躙《じゅうりん》される。

顔中に口づけの雨が降り、想いをぶつけるような激しさで抱かれていた。

リゼはその熱に逆らえない。

哀しみとは違う感情で心を乱され、自然と零れた涙を彼の唇が拭い取っていく。その柔らかな動きに心がぐらつき、苦しくて堪らなくなった。

「ふ…、ああ…っ」

「おまえしかいらない…、もう何も望まない……ッ、何も……ッ」

「……ッ、あぁ、あ——…ッ」

激しい攻めにリゼは喉を反らして嬌声を上げた。

こんな強い想いをぶつけられたら、引きずられてしまう。

リゼは涙を零しながら、彼の熱を受け止める。

手は、ずっとシーツを握っていたが、それを放して彼の逞しい身体を抱き締めると、その艶やかな黒髪に口づけた。

「……キ……、ロキ……」

「…——ッ」

「ロキ…、ロキ……」

「……リゼ……ッ、——っく……っ」

彼は一瞬泣きそうな顔をして、リゼを掻き抱いた。

苦しげに息を乱しながら小刻みに身体を揺さぶり、狂おしいほど奥を突き上げ、さらなる快感に身を投じようとしていた。

リゼは彼の首にしがみつき、彼の名を何度も口にする。

そのたびにロキは切ない喘ぎを上げた。貪るようにリゼの唇を奪い、首筋や胸元、あらゆる場所に赤い痕を残した。

「あっ、あ…ぁっ、あ…ッ、もう……だめ……ッ、あぁ、あぁぁ……ッ」

ぶるぶると内股が震え出し、お腹の奥が切なく喘ぐ。

絶頂の予感にわななき、リゼは彼の動きに合わせるように腰を揺らした。

すると、ロキは苦しげに呻いて一層律動を速めていく。

その余裕のない表情に切ない感情が込み上げ、リゼは夢中で彼にしがみついた。

絶え間なく打ち付けられる熱で、どちらの身体かわからなくなるほど一つに融け合う。

目の前が白んでいくのを感じながら、はじめてそんな感覚を抱き、リゼはガクガクと身を震わせ、激しい絶頂の波に身を投じた。

「あぁあ——…ッ！」

「…——ッ！」

その直後、耳元で掠れた低い声が響く。

淫らに蠢く内壁を行き交う猛々しい熱は、断続的な痙攣に誘われるように最奥で弾けてリゼを濡らした。

苦しいほどの口づけを交わし、絶頂に達しても彼は快感を追いかける。

濡れた眼差しと目が合い、リゼは彼の頬に手を伸ばした。

ロキは最奥に自身を留めたまま律動を続けていたが、叩いてしまった頬にリゼがそっと唇を寄せると、その感触に彼は僅かに目を見開く。

そこで彼はようやく絶頂に達していたことに気づいたのだろう。徐々に動きを緩やかにしていき、やがて律動を止めると、ロキは力が抜けた様子で深く息をついた。

「あ……、ん…、っは…ッ、……っ」

「……リゼ……、……ゼ……」

彼はリゼの耳元で名を囁く。

息を吐くごとに、それしか知らないように繰り返していた。

その囁きを耳にしながら、リゼはまた涙を零す。

哀しくて流した涙ではなかったが、ロキにはそれがわからないのだろう。

慰めるように唇を重ねて、彼はリゼを強く抱き締めた。その逞しい腕の中に閉じ込め、何度もリゼの名を繰り返す。

──私…、この感覚を覚えてる……。

夢の中で感じていた心地よい感覚。

切なげに名を呼ばれ、何度も抱き締められた。

次第に自分もその想いに応えるように、彼の名を呼ぶようになった。

そのときの自分は、彼を受け入れることになんの迷いもなかった。

「リゼ…、俺のすべてをおまえに捧げる……」

「……っ」

リゼは目を見開き、彼を見つめる。

だから、おまえがほしい……。
彼の目が訴えていた。
けれど、ロキはそれを言葉にはしなかった。
リゼも彼の訴えに何も答えなかった。
彼の頬を撫で、その眼差しをただ受け止めていた――。

終章

——三日後。
雲一つない晴天。
穏やかに吹き抜ける爽やかな風。
たくさんの温かな眼差しに囲まれて、二人の前途を祝福する教会の鐘《かね》が鳴る。
それは、いつか見た憧れの光景そのものだった。
ゴシック建築の煌びやかな教会。
柱の一つひとつに施された彫刻、芸術的で絢爛豪華な外観。
——ここは、四年前と少しも変わらないのね……。
あのときと違うのは、自分が誓いを立てる側になったことだった。
「まさか、ここで結婚式を挙げるなんて……」
リゼはぽつりと呟き、周囲の光景に目を細めた。

そうそうたる顔ぶれの列席者。

とりわけ目立つのが、国王と王妃、九人の王子たちのいる辺りだ。

つい三日前、はじめて顔を合わせた長男のセシル王子に六男のフランク王子。

その翌朝に挨拶を交わした国王と王妃、それから九男のアンディ王子。他の王子たちはすでに結婚して王宮を出ていたから、挨拶をしたのはほんの一時間前のことだ。

『――君がリゼか。会うのを愉しみにしていたよ。ロキが気に入ったのだから、とても素敵なお嬢さんなのだろうね』

ロキの部屋で過ごした翌朝、緊張して挨拶するリゼに、国王も王妃も気さくに声をかけてくれた。

柔和な笑みを浮かべる二人は、噂どおりの仲睦まじさだった。

兄弟仲もよく、笑顔の絶えない明るい家族といった雰囲気が伝わり、彼らはすぐにリゼを受け入れてくれた。

けれど、その後の彼らの行動からは、ロキがここでどう育ったかを垣間見せられたようで、リゼはなんとも言えない気持ちにもさせられた。

本人は何も言っていないのに、朝食の内容を急遽ロキの好物に変更し、足りない食材は早馬を使って調達させた。料理人たちにもかなりの無理をさせて、テーブルいっぱいに料理の皿が並ぶ様子はまるで晩餐会のようだった。

さすがにこんなことが日常であるはずがない。

今日はきっと特別なのだろうと思って、さり気なくロキに問いかけると、いつもこうだと彼は平然と頷く。リゼは開いた口が塞がらなかったが、セシルをはじめ、他の王子たちもそれを疑問にも思っていないようだった。

ロキがかわいくて、愛しくて堪らない。

その気持ちは強く伝わってくるが、何かが違う気がする。

王宮を出るまでの間、国王が口癖のように言っていた言葉は、リゼに違和感しか与えなかった。

『ロキの望むように』

『ロキが言うなら正しい』

国王は事あるごとにそう言っていた。

王妃も微笑みながら頷いていた。

それでリゼは、なんとなくわかったような気がした。

ロキがこうなったのは、無理もないことだったのだと……。

彼らは本当に、ロキが望めばなんでも喜んで叶えてきたのだろう。

ロキがほしいと言うから、リゼとイザークを引き裂くことも厭《いと》わなかった。

ほんの少し彼が笑みを返せば、それを褒美のごとく悦んでみせる。そんな彼らの姿を、リゼは虚しく見ていることしかできなかった。

けれど、それを不思議にも思った。

国王や王妃のロキに対する扱いは他の王子とは明らかに違う。はじめて目にした自分でさえロキが特別扱いされているのがわかるほどだ。だから何か理由があってのことかと疑問を抱いていると彼は言った。

『先代の王が生きているとき、なぜか俺ばかりかわいがったんだ。瞳や髪の色、顔立ちまで、祖父の幼い頃によく似ていたらしい。それが理由かどうかは俺にはわからない。ただ、おまえが一番目に生まれていたら面白い世になったかもしれないと、会うたびに口癖のように言っていたのはなんとなく覚えている』

先代の王は名君と言われたほどの人だった。

今は平和なこの国も過去には争乱の時代があり、それを鎮めた人でもある。

その影響力は今も絶大だ。ロキ自身も『妙に崇拝する連中もいる』と言っていたように、そんな先代に似ているうえに、その人から殊のほか愛された彼を特別な存在と周りが認識した結果なのかもしれなかった。

——なんだか、ロキがおねだりすれば、国も譲ってしまいそうね……。

だが、いくらロキの望みでもこればかりは一筋縄ではいかないだろう。

決まりを覆せば、余計な混乱を生む引き金にもなる。

現国王も賢王と名高いが、ロキが絡んだときには冷静な判断ができないかもしれない。

今は被害がリゼとイザークの家だけで済んでいるからいいものの、他に及ぶとクーデターが起こってしまいかねないのだ。

もしかしたら、ロキはそれを理解していたからこそ、誰にも言わぬまま密かに諦めたのかもしれなかった。

「リゼ…、ここから先は一人だよ」

「……お父さま」

不意に耳元で囁く父の言葉に、リゼは我に返った。

隣に顔を向けると、父がとても心配そうな顔をしていた。

突然屋敷を飛び出し、リゼが帰ったのは翌日の夕方近くだった。ラルフがうまく誤魔化してくれていたお陰で騒ぎにはならなかったようだが、何かがあったことは父も母も察したはずだ。

王宮に行っていたと告げると二人は目を丸くしていた。

ロキは結婚式の日まで屋敷には戻らないと続けると、かなり困惑した様子だった。

『リゼ、おまえは一人で屋敷に戻れ』

あの日、リゼはロキの言葉に従い、一人で屋敷に戻った。

だから久しぶりに親子水入らずで過ごせたのに、父も母もずっと心配そうにしていたから心は安まらなかった。ロキがいないだけでやけに屋敷は静かで、彼の存在の大きさを思い知った二日間でもあった。

マーサはそれから結婚式までの二晩、リゼが寝るまで傍にいてくれた。

屋敷を飛び出した理由は説明しなかったけれど、彼女は何も聞かずにただリゼと手を繋いでいてくれた。

いつも寄り添ってくれた彼女に対して、リゼは感謝してもしきれなかった。

「リゼ…、大丈夫か……？　一人で…、行けるか……？」

動かずにいるリゼに、父は眉を曇らせる。

リゼはぎこちない笑みを浮かべて、小さく頷いた。

ここから先は一人だという父の言葉を胸に唇を引き結ぶ。リゼは父からそっと離れると、意を決して祭壇へと歩を進めた。

正装で待つ凛とした背中。

リゼの気配に気づいて、彼はゆっくりと振り向く。

宝石を思わせる美しい瞳を瞬かせ、まっすぐリゼを射貫いた。

「――リゼ……」

たった二日会っていないだけなのに、もう何年も離れていたような気分だ。

低音でよく通る声も、久しく聞いていなかった気にさせられる。

祭壇の前で向き合い、リゼはその顔を静かに見上げた。

ロキはどこかほっとした様子で息をつく。しかし、それを隠すように彼は天井を仰ぎ、すぐに皮肉な笑みをリゼに向けた。

「逃げなくていいのか？」

第一声がそれだなんて、もっと他に言うことはないのだろうか。

いきなりの問いかけにリゼは目を丸くしたが、なんだかそれが彼らしく思えて苦笑を浮かべた。

「逃げたほうがよかった？」

「……ッ、だ、だめだっ」

首を傾げて答えると、ロキは慌てて否定する。

けれど、すぐにハッとした様子で自嘲ぎみに目を伏せた。

その瞬間、彼の虚勢が剝《は》がれたように見えて、リゼは呆れたように息をつく。

逃がすつもりもないのに、どうして自分の首を絞めるようなことを言うのだろう。

——不安なら一人で屋敷に帰さなければよかったのに……。

リゼには逃げる場所など、どこにもない。

そんな気も、もうなかった。

「この二日は、あなたのことばかり考えていたわ」

「……え」

「不思議ね、ロキがいないと屋敷が静かなの。心なしか、皆元気がなくて……。なんだか妙に寂しかった」

リゼは涙を浮かべて彼を見上げる。

いつの間にか追い越された身長。

自分の知らない想いを、まだどれだけ隠しているのだろう。

彼にもさまざまな葛藤があったのだろうか。

「すべてを水に流すことはできない……。だけど、今まで過ごした時を切り離すなんて、私にはできそうになかった。だから、一緒に積み重ねていけばいいって……、そう思うことにしたの……」

「リゼ…」

「だって、ロキはもうとっくに私の家族なんだもの……っ！　たとえ形が変わったとしても、それは同じでしょう？」

「……っ」

あれだけのことをした彼に対するわだかまりが、完全に解けたわけではない。

相手が好きだからといって、何をしても許されるわけではない。

許せないと思う感情は残るのかもしれない。

それでも、彼を愛しく想う気持ちはいつだってあった。

だから悔しいけれど、受け入れようと思った。

すべてを言葉にするつもりはないけれど、いつか彼にそれが響けばいい。

自分たちは、まだ始まったばかりなのだから……。

「そうだな……」

ややあって、ロキは噛みしめるように頷く。

リゼの手をとり指輪を嵌めると、そっと甲に口づけ、彼のほうへと引き寄せられた。

「俺も、ずっと寂しくて退屈だった。おまえのいるあの家がいい。俺、あそこじゃないとよく眠れないんだ」

そう言って、彼は穏やかに笑った。

想いは伝わったのだろう。

そんな微笑みだった。

リゼも、久しぶりに笑みが零れた。

それを見た彼は、もっと嬉しそうに微笑んでいた——。

あとがき

最後まで御覧いただき、ありがとうございました。作者の桜井《さくらい》さくやと申します。

タイトルにもあるように、今回は傲慢なヒーローにヒロインが振り回されるストーリーです。無理やりな描写もあるため、人を選ぶ話であることは間違いありませんが、手に取ってくださった方が少しでもお楽しみいただけたなら嬉しいです。

腹黒系はなぜかこれまであまり書いてこなかったので新鮮だった一方、ロキはまるで悪役のようなキャラだったために、リゼと寄り添わせるのに本当に苦慮しました。思ったとおりには動いてくれないというか、気を抜くとロキは好き勝手に場を掻き乱そうとしてくるので、書いては消し、書いては消しを繰り返し、ひたすら神経を尖らせて見張っている気分でした。ただ、手間がかかった分、書き終わってからも自分の中でやたらと印象が強く残った話にもなりました。

そんなリゼとロキはまだまだ道半ばです。

あの性格に今後も振り回されるのだろうと思うとリゼが不憫でなりませんが、ロキを鎮められるのは彼女しかいないので、ぜひ強く生きてほしい。ロキは相手の気持ちを汲むのが苦手な人なので、時々怒りが爆発するでしょうが、この二人にはそれも必要なことなのだと思っています。

そして、この話の全編を彩ってくださったのが、Ｃｉｅｌさんのイラストでした。年下の暴君といったロキの雰囲気を見事に表現されていて、リゼのほうも綺麗で愛らしく、情感たっぷりの素敵なイラストに仕上げてくださいました。話を読み込んでくださっているのも伝わり、本当に感謝でいっぱいです。ありがとうございました。

最後となりますが、この本を手にとってくださった方、本作に関わっていただいたすべての方々に御礼を申し上げて終わりにしたいと思います。ここまでおつきあいいただき、ありがとうございました。皆様とまたどこかでお会いできれば幸いです。

桜井さくや

Sonya
ソーニャ文庫

この本を読んでのご意見・ご感想をお待ちしております。

◆ あて先 ◆

〒101-0051
東京都千代田区神田神保町2-4-7 久月神田ビル
㈱イースト・プレス　ソーニャ文庫編集部
桜井さくや先生／Ciel先生

年下暴君《としした ぼうくん》の傲慢《ごうまん》な溺愛《できあい》

2018年4月7日　第1刷発行

著　　者　桜井《さくらい》さくや
イラスト　Ciel《シエル》
装　　丁　imagejack.inc
D　T　P　松井和彌
編集・発行人　安本千恵子
発　行　所　株式会社イースト・プレス
〒101-0051
東京都千代田区神田神保町2-4-7 久月神田ビル
TEL 03-5213-4700　　FAX 03-5213-4701
印　刷　所　中央精版印刷株式会社

ISBN 978-4-7816-9621-8
定価はカバーに表示してあります。

Sonya ソーニャ文庫の本

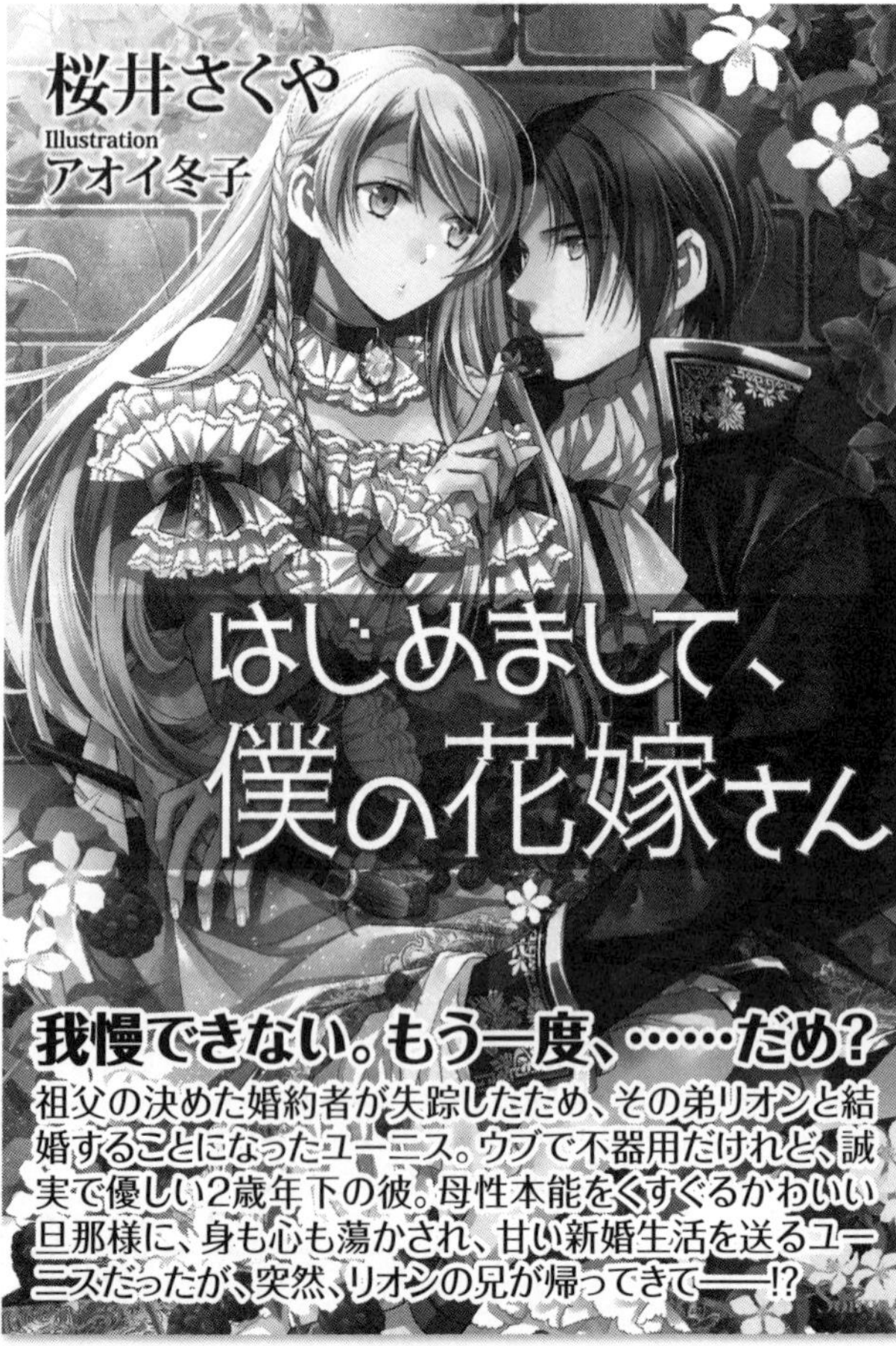

『はじめまして、僕の花嫁さん』　桜井さくや

イラスト　アオイ冬子

Sonya ソーニャ文庫の本

『女装王子の初恋』 桜井さくや

イラスト アオイ冬子

Sonya ソーニャ文庫の本

執事の狂愛
桜井さくや
Illustration 蜂不二子
私はあなたの一部になりたい。
幼い頃から、執事のキースに思いを寄せていた貴族令嬢マチルダ。家のため、父の決めた婚約者との結婚を受け入れようとしていたところ、その婚約者から理不尽な暴力をふるわれる。助けに入ったキースは駆け落ちを決意。互いの気持ちを伝えあい、深く結ばれる二人だが——。
Sonya

『**執事の狂愛**』 桜井さくや

イラスト 蜂不二子